U0121633

塔上的魔術師

江戶川亂步

品冠文化出版社

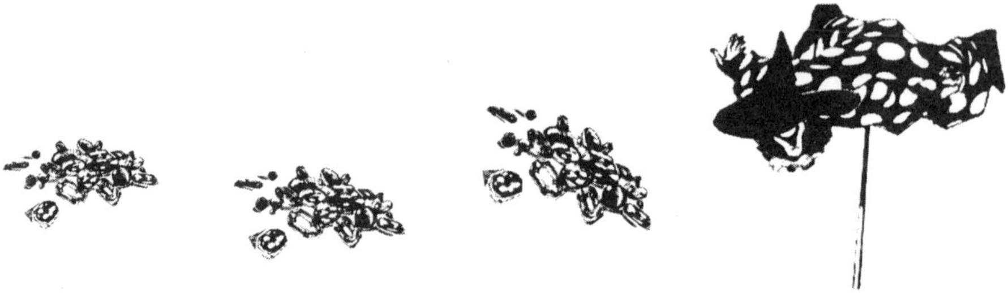

目錄

塔上的魔術師

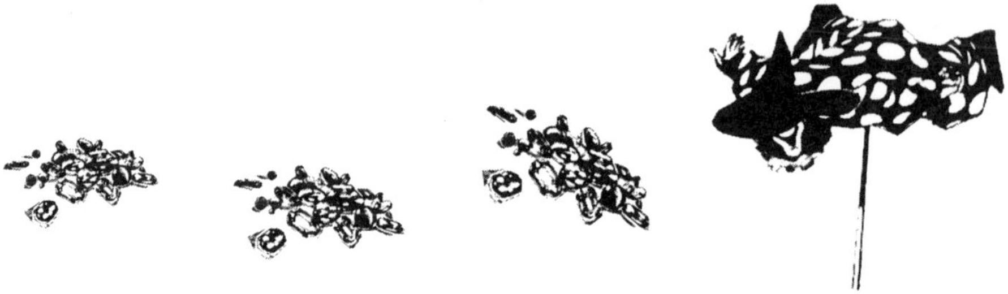

少年偵探⑳

塔上的魔術師

江戸川亂步

奇怪的鐘塔

有一天晚上，名偵探明智小五郎的少女助手花崎植，帶著兩名就讀中學一年級的可愛少女，一起走在荒涼的原野上。

原野周圍有田園與樹林，流水潺潺的岸邊長著青草。河上有古老的土橋（上面覆土的橋），看起來就好像鄉下的景觀。但是，這裡並不是鄉下，而是東京都世田谷區的盡頭。

小植所帶領的兩名少女，名叫淡谷墨子和森下年子，兩人是中學的同學。淡谷家就住在附近，因此，今天邀請小植姊姊和森下年子，三人一起到原野遊玩。

墨子和年子都很擅長算術，對於所有事情都會仔細的推敲與思考。

而且兩名女孩都非常喜歡看偵探小說，往往會運用智慧，去識破壞人的奸計和一些有趣的謎題。

此外，墨子和年子這兩位活潑的少女也擅長運動，不比同班的男孩遜色。她們希望能夠像小植一樣成為少女偵探。

森下年子知道姊姊是小植的朋友之後，拜託姊姊為她們介紹。因此，交情很好的淡谷墨子和森下年子就一起去拜訪小植，希望小植收她們為弟子。

「妳們真是勇敢。才中學一年級，還太小了。而且我想妳們的父母也應該不會允許吧？」

「不！我爸爸是明智偵探迷。如果能夠成為明智偵探的弟子——小植的左右手，相信爸爸一定會答應的！」

森下年子說著，在一旁的淡谷墨子也說道：

「我們家在很久以前曾經遺失寶石和金錢，當時懷疑可能是內賊所為，所以，並沒有報警而直接找明智先生商量。明智先生到家中調查之

後，立刻發現了犯人。

我們家的管家有一個壞兒子，就是那個人偷走家中的貴重物品。管家為了掩護兒子，因此，沒有說出真相。

明智先生對管家的兒子曉以大義，讓他改過向善，從此以後，爸爸就成為明智先生迷。他一定會答應我的。」

兩位少女不斷的拜託，小植只好找明智偵探商量，最後終於答應收她們為弟子。

附帶條件是，上課時間絕對不能想偵探的事情。課業方面不能夠偷懶怠惰。遇到危險的事件或夜間活動，都不會讓她們參加。此外，也不能讓父母過度擔心。

兩名少女成為小植的弟子之後，還沒有發生什麼事件。有時候她們會前往偵探事務所拜訪小植，學習找尋線索、解開怪異事件的謎團等方法。同時，也學習遭遇危險時如何自保。

因為兩人經常前往偵探事務所，所以和明智偵探以及小林少年都非常熟悉。明智先生經常說一些自己運用智慧進行偵探工作的趣事給她們聽。能夠和心中仰慕的明智先生與小林少年如朋友般自由自在的交談，兩人都覺得彷佛置身夢境一般。

淡谷墨子、森下年子和小植三人在原野上邊散步邊聊天。

「天色已經黑了，我們回去吧！」

小植這麼說，但是淡谷墨子卻說道：

「噢！再待一會兒好嗎？小植姊姊，這座森林裡有一棟奇怪的房子，我們看過之後再回去好嗎？妳看，從這裡就可以看到，就是那個好像塔一樣的屋頂。」

順著墨子手指的方向看過去，在森林的樹木頂端，出現一個有如古老西方照片上的建築物，那是一個尖帽形狀的屋頂。

「哇！好像一座古城的塔喔！在這麼荒涼的地方，怎麼會有這種建

築物呢？」

小植感到很好奇的問道。

「我曾聽爸爸說過，以前有一位名叫丸傳的人，是日本最棒的鐘錶商。他在這個荒涼的地方建造自己的房子，同時在屋頂上製作鐘塔。現在這裡是座空屋，並沒有人居住。附近的人，都稱這裡為鐘屋或鬼屋。很害怕來到這個地方。我想，世界上應該沒有什麼妖怪吧！我一點都不怕！」

擅長運動的墨子真是勇敢，說著露出燦爛的笑容。

三人一邊聊天一邊走入森林中。森林的對面就是那棟鐘屋。

透過森林的樹叢望去，隱約可以看到老舊的紅磚建築物。

穿過森林之後，在雜草叢生的原野正中央，一座好像怪物的鐘屋聳立在那裡。這棟奇怪的建築物是用紅磚建造而成的，兩層樓西式洋房的二樓屋頂上，聳立著一座大大的鐘塔。

「哇！好大的時鐘啊！因為在很高的位置，所以看起來很小。鐘面的直徑大約有五、六公尺。指針一動也不動，正好指著三點。這個時間到底代表白天三點還是半夜三點呢？」

小植的臉色稍微蒼白，有點害怕似的說道。

仔細看這棟建築物，上頭的紅磚已經剝落，而且長滿了青苔。

丸傳這位鐘錶商似乎是個怪人，所以才會建造這麼奇怪的建築物。角落有一個磚造的圓塔，整棟建築物凹凹凸凸的。屋頂分為好幾層，好像西方的古堡一樣。

建築物的窗子都很小。即使是白天，屋內應該也很暗吧！

這棟空屋荒廢已久，給人陰森森的感覺，好像有什麼奇怪的東西住在裡面，正從小窗子探頭偷窺外面似的，讓人更加覺得可怕。

「回去吧！天色很暗了。妳們看，夕陽已經染紅了天空。哇！真美！」

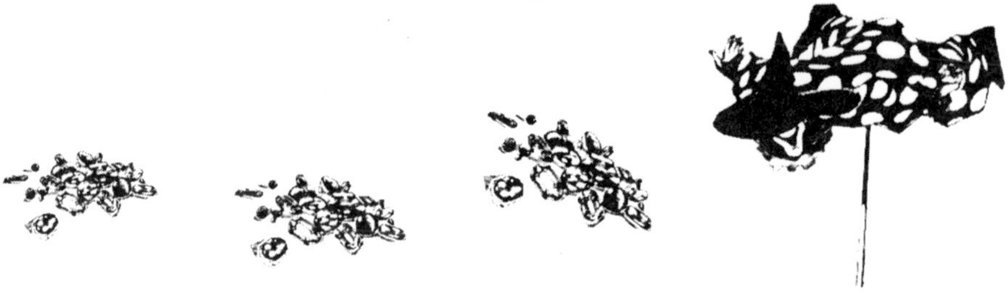

小植回頭看著樹林對面的天空說道。

沒錯，西方的天空已經被夕陽染成紅色。

紅色的夕陽，反射在前面的紅磚鐘屋上，就好像醉漢的臉龐一樣，看起來更顯得可怕。

森下年子好像突然發現什麼似的，她大聲叫著：

「哇！妳們看！在那裡！鐘塔的屋頂上有東西在動……」

在夕陽的映照下，大時鐘的鐘面泛紅。上方聳立好像尖帽子般的屋頂，頂端有避雷針鐵柱，就在鐵柱下方，似乎有東西正在移動。

「咦！是人耶！為什麼要爬到這麼高的地方呢？」

「妳看，那個好像黑色翅膀的東西正在飄動。是人嗎？好像是大蝙蝠耶！」

墨子和年子異口同聲的說著。眼睛一直看著塔頂。

奇怪的東西抓著避雷針的鐵柱，爬到尖尖的屋頂上，接著站在頂端。

塔上的魔術師

像一隻大蝙蝠。不，應該說是像蝙蝠的人。怪物穿著黑色緊身衣褲，披著黑色披風。單手抓著鐵柱，舉起另一隻手搖晃披風，就好像一隻大蝙蝠正在拍動翅膀似的。

因為距離很遠，所以看不清楚對方的臉。他好像戴著狐狸眼鏡，是一種倒吊的黑色眼鏡。鼻子下方有黑色的鬍鬚。黑而蓬鬆的頭髮之間，伸出兩隻白色的角……。

一個長角的蝙蝠人站在紅磚屋的頂端。難道可怕的蝙蝠人就住在這棟建築物裡？

雖然三名少女都很勇敢，但是，看到站在鐘塔上拍動翅膀的怪異蝙蝠人，還是嚇得毛骨悚然。

「我們快回去吧！不要再看那個東西了。快回去吧！」

小植以顫抖的聲音催促兩人。墨子和年子也不想再待在這種可怕的地方了。

「回去吧！」

「好，回去吧！」

三人加快腳步，掉頭走回身後的樹林中。

就在這時，從後方遙遠的空中微微傳來——

「奇、奇、奇、奇……」

聽起來好像怪鳥的叫聲。蝙蝠人在嘲笑少女們。

「哇！好可怕……」

森下年子嚇得放聲大叫。三名少女好像被可怕的東西追趕似的，拔腿往前飛奔。

寶石盒

當天平安回家之後，墨子和年子，各自將鐘塔蝙蝠人的事件告訴父

親。不過大人們都不相信這種事情，認為一定是有人爬上屋頂修理避雷針，可能是修理工人。大人認為孩子們一定是看錯了。

小植也對明智偵探說明事情的經過。明智偵探當然不認為小植看錯了，他立刻連絡警政署的中村警官這位朋友。第二天，中村警官請當地的警察局檢查鐘屋，不過，並沒有發現什麼可疑的人。

接下來的一個月內，並沒有發生任何事情。

有一天，淡谷墨子的爸爸淡谷庄二郎，帶著一名書生（寄居在他人家中幫忙做家事的讀書人），搭乘私家汽車前往丸內的三菱銀行，從金庫取出一個仔細包著的小盒子，帶回家裏。那應該是一件非常重要的東西，平常才會放在銀行的金庫中。

淡谷庄二郎是個富翁，擔任大公司的董事長，唯一的興趣就是收集寶石。

他擁有價值連城的寶石，認為擺在家中非常危險，因此，存放在三菱銀行地下室的大金庫中。

因為有兩位朋友想要到淡谷家觀賞寶石，因此，淡谷先生特地帶著書生，搭乘自己的汽車前往銀行，小心翼翼的取回寶石盒。

兩位想要欣賞寶石的朋友，都是與淡谷先生有生意往來的大公司負責人，因此，不必擔心對方有什麼企圖。

淡谷先生準備先在晚上宴請客人，再請他們欣賞寶石。

乖巧的墨子，和母親一起佈置餐桌。

淡谷先生搭乘汽車返家，捧著寶石盒進門後不久，墨子也正巧由附近的書店回來。進入大門朝玄關走去，不經意的抬頭時，突然看到屋頂上出現可怕的人影。

傍晚天色昏暗，屋頂上看起來模糊不清。就在微暗的二樓屋頂上，墨子看到一個黑色的東西站在那裡。

墨子嚇了一跳，佇足凝望，但是，那個可疑的身影立刻消失在屋頂

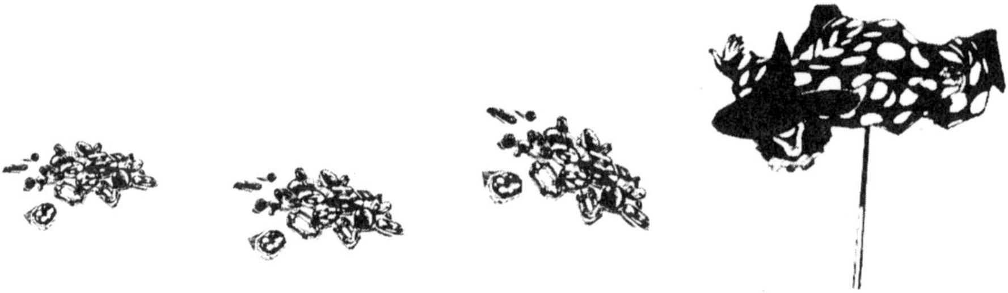

的另一端。

雖然只是瞄了一眼，不過墨子卻看得一清二楚。

那個人的打扮，就和一個月前出現在鐘塔屋頂上那位穿著披風的蝙蝠人一模一樣。

當黑衣人消失在屋頂的另一端時，好像蝙蝠翅膀的披風還在那裡抖動著。因為太黑，所以看不清楚對方的臉，不過好像戴著黑色眼鏡，蓬鬆的頭髮間長著兩隻角。

墨子彷如進入夢境，趕緊進入家中，將這件事情告訴父母。

但是爸爸卻說：

「墨子，妳是不是鬼故事看太多了啊！不要再看那些可怕的小說了。我看妳是眼花了吧！」

爸爸並不以為意。

「墨子最近有點神經衰弱，臉色也不好。不要再看一些奇奇怪怪的書了！」

媽媽也說出同樣的話。

不久之後，兩位客人抵達，大家一起在餐廳裡共享晚宴。

墨子也陪同在座。不過她非常擔心，根本無心享用美味大餐。

飯後請客人進入書房，準備讓他們觀賞寶石。

墨子心中惶恐不安，一直待在父親的身旁，看著寶石盒打開。

用紫色布巾包住的東西就擺在桌上。打開布巾後，看到一個四方形的白絲絨盒。

淡谷先生取出一串鑰匙，挑出其中一把插入絲絨盒的鎖中，打開蓋子。

絲絨盒裡出現另一個閃閃發亮的黃金寶石盒。這個盒子也上了鎖。

淡谷先生小心翼翼的捧起黃金寶石盒擺在桌上，再用另一把鑰匙打開蓋子。

聲。

「哇！美極了！」

墨子以前曾經看過寶石兩、三次。每次看到時，都不由得發出讚嘆聲。

黃金寶石盒中，有一個黑絲絨檯子，檯上擺著二十四顆色彩繽紛的名貴寶石。

映入眼簾的是，鑽石、紅寶石、藍寶石、祖母綠，以及一些墨子不知道名稱的寶石。

「哇！真是太美了！」

客人看著寶石，不禁發出讚嘆聲。

淡谷先生一一取出盒內的寶石，開始述說獲得這些寶石的經過。欣賞寶石的時間持續了三十分鐘。在這段時間內，墨子的心中七上八下的，有些不安。

先前站在屋頂上的蝙蝠人到哪裡去了呢？他會不會偷偷的溜進家

裡，從某個縫隙窺探房間裡的一切呢？

墨子不安的東張西望。當她看著面對庭院的玻璃窗時，突然臉色蒼白大叫了一聲「啊」。

身體猛地站了起來。

「墨子，妳怎麼了？不舒服嗎？」

爸爸驚訝的扶著女兒問道。

墨子到底看到了什麼？

恐怖電話

在窗外一片漆黑的庭院中，好像有什麼奇怪的東西正在移動著。

雖然黑衣人待在暗處中看不清楚，但是，墨子確定就是那個傢伙！也就是傍晚站在屋頂上的那個可怕的蝙蝠人。

蝙蝠人全身穿著黑色緊身衣，有如蝙蝠翅膀的黑色披風朝兩邊張開，戴著黑眼鏡的臉看起來有點泛白。

看到這一幕的墨子，嚇得臉色蒼白，幾乎站不住腳。爸爸趕緊過來扶住女兒。

「怎麼回事？振作點！」

「那裡……」

墨子用手指著窗外的黑暗處。

「那裡什麼也沒有啊！妳到底在說些什麼？」

爸爸一直看著玻璃窗外，不過在黑暗中並沒有發現什麼可疑的東西。也許蝙蝠人已經躲到庭院的樹木後方去了。

「傍晚時分站在屋頂上那個看起來好像蝙蝠的人，就在那棵樹前方，張著黑色的翅膀。」

墨子害怕的說道。

「妳說什麼？並沒有人在那裡啊！墨子，妳又在做夢啦！這個世界上怎麼可能會有蝙蝠人呢？別胡思亂想了，到這裡來吧！」

爸爸說著，攙扶墨子回到桌前。

儘管如此，淡谷先生也開始擔心宵小會溜進家中偷盜寶石，因此趕緊將寶石盒上鎖，放入書房的金庫中，鎖上密碼鎖。

金庫的門上安裝轉盤式的密碼鎖。轉盤上有從A、B、C到X、Y、Z二十六個字母。只有依照正確的順序轉動，才能打開金庫。一旦順序錯誤，就無法打開金庫。

淡谷先生設定的密碼是SUMI。他以可愛的墨子的名字做為密碼。

淡谷先生依照S、U、M、I的順序轉動轉盤，上了鎖之後，回到原先的座位上。

兩名客人和主人閒聊了一會兒之後就告辭了。淡谷先生有點擔心，因此，待在擺放金庫的書房裡，坐在搖椅上抽著煙。

突然，房間角落的電話鈴聲響起。

淡谷先生嚇了一跳，站起身來，拿起聽筒。

「淡谷庄二郎先生在嗎？」

「我就是。您是哪位？」

「妳的女兒墨子認識我。你告訴她有一位像蝙蝠一樣的人，這樣她就知道了。」

淡谷先生聽了之後臉色大變。哇！原來墨子所說的都是事實。他突然覺得背脊一陣發涼。

「你、你是誰？找我有什麼事？」

「也沒什麼事啦！只是想要你那二十四顆珍貴的寶石。當然，你不會把那些寶石給我，因此，我只好自己來拿嘍！為了怕你嚇了一跳，所以事先通知你。我已經決定好時間了。明天晚上十點之前，我一定會前來拿走寶石。

即使你嚴密防守也沒有用的。放回銀行的金庫也很危險哦！寶石可能在運送途中就會被劫走。總之，你要小心一點喔！不過，即使你再小心也沒有用，因為我是魔術師。」

「我知道了，你是預告犯罪的大盜賊。你到底是誰？既然敢預告犯罪，那麼就報上名來。不先說明自己的身分，真是不懂禮貌！」

「你想知道我是誰嗎？」

「嗯！」

「我看，你還是不要知道的好，也許你會後悔。」

「廢話少說！快點報上名來！」

「好，那麼我就告訴你。你可別嚇一跳喔！仔細聽好，我就是怪人四十面相。

哈、哈、哈、哈……。你看吧！你被嚇得目瞪口呆了吧！……記得喔，明天晚上十點！再見啦！」

說完之後就掛上了電話。

沒錯，淡谷先生的確嚇得目瞪口呆。因為他剛才接到的，正是可怕的怪盜四十面相打來的電話。

四十面相原名怪盜二十面相。他預告行動之後，一定會依約行動。唯一能夠和這個惡賊挑戰的人，就是名偵探明智小五郎。

淡谷先生過去曾經拜託明智偵探處理事情，和明智是舊識。於是立刻撥電話到明智偵探事務所。

接電話的是小林少年。

「你好，我是助手小林。明智老師有事到神戶去了。大約五天後才會回東京。有什麼事需要我幫忙的嗎？」

淡谷先生聽到明智外出的消息後有點失望。不過，他聽說小林少年也是個精明能幹的偵探，因此，拜託小林過來一趟。

奇妙的懷疑

雖然夜已深沈，但是，小林少年還是搭計程車趕往淡谷家。和淡谷先生商量之後，決定不把寶石送回銀行，直接鎖在書房的金庫中。書房由淡谷先生、家人以及小林少年輪流看守。

此外，也拜託警政署的中村警官調派三名刑警前來支援，負責監視淡谷家的內外。

第二天一大早，小林與三名刑警商議後，由小林和淡谷先生兩人負責看守金庫，刑警們則在走廊和庭院中巡邏。

淡谷一家人都知道怪盜四十面相要來偷寶石的事情。墨子雖然照常上學，但是，根本無心聽課。

這一天淡谷先生並沒有去公司，整天都待在書房裡看守寶物，由墨

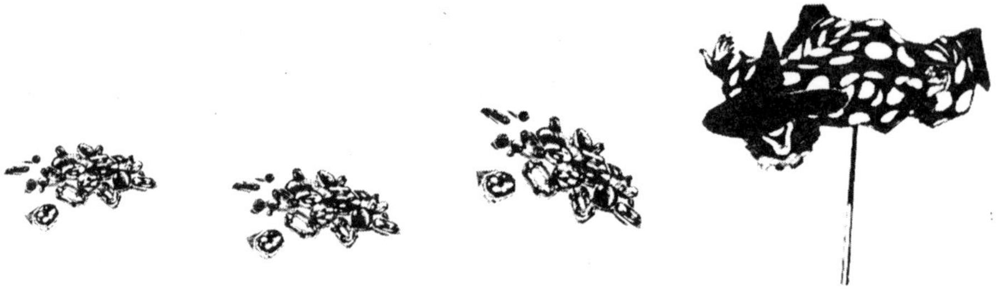

子的哥哥淡谷一郎到公司去。

淡谷一郎今年二十五歲，未婚。大學畢業之後就進入父親的公司，從普通職員做起。一郎是墨子唯一的兄長。

下午三點半墨子放學回家後，立刻前往爸爸和小林少年看守的書房。後來前往餐廳，坐在媽媽的身旁。墨子也跑到刑警巡邏的走廊上到處查看，有時候則來到大廳外的玄關等哥哥，真希望哥哥趕緊回家。墨子的心情浮躁，無法平靜下來。

過了五點，聽到玄關門打開的聲音。墨子一直等待的哥哥，終於從公司回來了。

墨子跑到大廳迎接哥哥。等到哥哥脫下鞋子進入大廳之後，和平常一樣的向他打招呼。

墨子豎起右手食指，貼在鼻前，右眼連續眨三下。這是兄妹倆才知道的暗號。似乎是以這個方式證明兩人的關係很好。

平常打招呼時，哥哥也會做出同樣的動作。看似一樣的暗號，事實上有點不同。

也就是，如果墨子豎起食指貼在鼻間，哥哥就必須把食指橫擺在鼻子上，然後連眨三次眼睛。如果墨子把食指橫擺在鼻子上，那麼，哥哥就必須豎起食指來。

今天哥哥的舉止有點怪異。墨子做了兩次同樣的暗號，但是，哥哥竟然沒有任何反應，他默默的回到二樓的房間，右手一直提著公事包，始終沒有放下來。

這一點也和平常不同。墨子經常幫哥哥拿公事包，跟著他上二樓。接著哥哥為了表示謝意，會拿出擺在抽屜裡的巧克力或牛奶糖給妹妹。

不過，今天的情況似乎很特別，哥哥既沒有把公事包交給墨子，回到房間之後，也不打算打開放著點心的抽屜。即使妹妹就站在桌前，哥哥也只是露出奇怪的神情看著墨子。

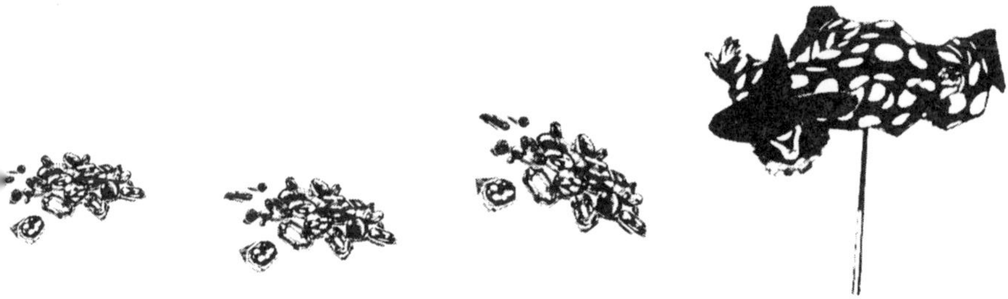

難道哥哥是因為擔心四十面相的事情而心情不寧，所以，忘了平常的做法嗎？

「為什麼不讓我拿公事包？還有平常你給我的獎品呢？」

墨子祈求哥哥似的說著。

「平常的獎品？」

哥哥好奇的回問。難道他忘記擺在抽屜裡的點心了？

「在右邊第三個抽屜裡啊！今天應該給我巧克力吧！」

墨子說著。這時，哥哥才好像突然想起什麼似的，說道：

「喔！妳說那個呀！」

於是趕緊打開抽屜，拿出了巧克力。

「來！獎品。」

說著遞給了墨子。墨子說道：

「謝謝！」

然後離開哥哥的房間。走下樓梯後，墨子停在走廊的正中央。她越想越奇怪。

哥哥可能是忘記了，不過這種事情不應該會忘記啊！每天做的事情怎麼可能會忘記呢？在墨子尚未提醒之前，哥哥甚至不知道點心擺在哪一個抽屜裡。這是怎麼回事啊？即使擔心家裡的事情，也不可能連這種事情都忘記呀，真是很奇怪！

突然，墨子聽到樓梯上傳來腳步聲。哥哥走下了樓梯。聽到這個聲音，墨子嚇了一跳，趕緊躲入樓梯後方。

她看到哥哥往爸爸的書房走去。

為什麼哥哥會做出這麼奇怪的動作呢？墨子自己也不知道原因。

墨子躲在樓梯的陰暗處，看著走向書房的哥哥的背影。

「那真的是哥哥一郎嗎？」

墨子感到非常懷疑。

她的腦海中，出現哥哥和那個可怕的蝙蝠人重疊在一起的身影。

「怎麼可能！不可能有這種事情！雖然四十面相是變裝名人，但也無法變成和哥哥一模一樣。難道……」

墨子因為自己這種突發的想法而嚇了一跳。她覺得全身僵硬。現在的她臉色一定非常蒼白。

墨子在走廊上來回踱步，無法下定決心，不知該如何是好。

「如果通知爸媽，他們一定又會說我神經衰弱，根本不會相信我的話。對了，通知小林哥哥。他一定能夠了解我的想法。」

但是，墨子又不能夠到書房裡去叫小林少年，因為可怕的一郎哥哥就在裡面。如果他真的是四十面相喬裝改扮的，那麼一定會立刻察覺到事情不對勁。

正當墨子在走廊上徘徊思索時，小林少年正巧從書房內走了出來，也許他是要去上廁所。

墨子悄悄的叫住小林少年，附在他的耳邊細語著。

小林聽了之後，皺了皺眉頭，說道：

「也許妳的想法是正確的。我也經常被那個傢伙所欺騙。他就好像是魔法師一樣，能夠隨心所欲的喬裝改扮。

好，我先出去一下！如果他就是四十面相，我一定會揭穿他的假面具。我立刻就回來，妳先不要對父母說明，假裝什麼都不知道。了解了嗎？」

小林少年吩咐之後，悄悄的從後門離開。

晚上十點

不久之後，小林少年返回淡谷家。進入書房時，已經是晚餐時間。

為了看守寶物，眾人輪流前往餐廳吃飯，書房中隨時留有兩人。

小林少年最後用餐。吃完晚餐時已經過了七點。

當時書房裡只留下淡谷先生和一郎這對父子。父子倆默默的坐在書房裡，並沒有交談，四周一片寂靜，只聽到架上的座鐘發出滴答滴答的聲音。

「我去上個廁所，你好好的看著！」

淡谷先生說著，站了起來。

「哦，放心吧！」

一郎青年勇敢的回答。

啊！真是危險！留下可疑的一郎單獨待在書房裡。淡谷先生並沒有懷疑眼前這位青年，因此，當然不覺得留下他獨自看守是危險的事情。

雖然淡谷先生只離開了五分鐘，但是，沒有人知道這五分鐘內書房裡到底發生了什麼事。

淡谷先生回到書房後，一郎坐在原先的椅子悠閒的抽著煙。

不久，小林少年也從餐廳回來。十點之前，三個人都沒有離開書房一步。

時間過得真是慢。

座鐘敲響八點、九點、九點半、九點四十分，終於到九點五十分了。

「還差十分鐘就十點了。」

一郎突然說話，但是沒有人回答。

所有的人都沈默不語，內心無比的緊張，非常害怕聽到時間滴滴答答流逝的聲音。

「剩下五分鐘了！」

一郎又說話了。

三人互相對看。

突然，一郎站了起來，慢慢地走到對面，並且打開玻璃窗，朝漆黑的庭院張望。

「什麼也沒有啊！庭院中並沒有出現任何東西啊！」

說著，鎖上了窗子，回到原先的座位上。

噹、噹、噹……。

眾人被座鐘的聲響嚇了一跳。已經十點了。啊！終於到了約定的時間。

喬裝改扮的四十面相

到了約定的十點，到底會發生什麼事情呢？我們暫且不提這件事。在此先說明之前發生的事情。

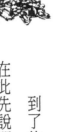

那是同一天傍晚四點半時發生的事情。

在爸爸淡谷先生的公司擔任職員的一郎，因為擔心四十面相的事情，因此，提早離開公司趕回家裡。當一郎在千歲烏山車站下了車，走出剪票口時，一位穿著西裝的三十五、六歲男子正在等他。看到一郎之後，男子走到一郎的身邊。

「你是淡谷一郎先生嗎？我是負責在貴府監視的警政署人員。令尊非常擔心今晚的事情，希望你早點回家，因此拜託我來車站接你回去。從車站走回家必須花二十分鐘的時間，由我開車接送比較快。」

警政署的便衣刑警竟然開車過來接人，真是奇怪的事情。不過一郎並沒有起疑，輕鬆的坐上了車子。

上車之後，一郎發現汽車後座還有另一名穿著西裝的男子。對方笑著對一郎說「請進」，並挪動身子讓出座位給一郎。之前的那名男子也跟著進入車中。就這樣，一郎被兩名陌生男子夾在中間。

車子立刻往前行進。

一郎發現自己的左側腹部，被硬的東西抵住。

「這是手槍！如果你敢出聲，我就開槍射擊。安靜點！」

剛才坐在車上的男子以低沈的聲音說道。

坐在狹窄車內的一郎，無計可施，只好任人擺佈了。

接著，眼睛突然被蒙住，原來是坐在右邊的男子掏出手巾，蒙住一郎的眼睛。

接下來又有東西塞住嘴巴。有人把手帕捲成圓形，硬塞入一郎的口中，然後又用好像毛巾一般的東西，緊緊綁住一郎的嘴巴與後脖頸。

「就算呼吸困難，也必須忍耐。想活命的話就乖一點！」

說完之後，男子將一郎的雙手拉到身後，用細麻繩（麻做成的堅固細繩）反綁。

雙眼被蒙住的一郎，不知道車子將開往何處。當然，不可能是去淡谷家。一郎到底會被帶到哪裡去呢？

此時的一郎，根本不知道這兩名惡徒是誰。啊！難道他們是怪盜四十面相的手下？

汽車通過荒涼的原野，停在一棟奇怪的建築物前方。被蒙上雙眼的一郎什麼也不知道。咦！這裡就是不久之前淡谷墨子等少女發現蝙蝠人的那個鐘塔，是那個既可怕又奇怪的住宅。

蝙蝠人果真就是四十面相化身的。原來一郎被帶往四十面相的巢穴。從汽車下來之後，爬上石階，一郎被帶入建築物裡。一股霉味撲鼻而來。那真是一棟讓人感覺陰森森的建築物。

繞過走廊，進入一個房間。

來到房間後，蒙住一郎眼睛的布終於被拿掉了。一郎趕緊觀看四周。這是一間荒廢的西式房間。看起來是華麗的房間，不過壁紙已經褪色、斑駁，地上沒有鋪地毯，而是佈滿灰塵的木板，小窗子外的鐵窗也已經生鏽了。

房間的另一側有壁爐，不過裡面都是蜘蛛網。壁爐旁的牆上擺著一面大鏡子，鏡面的水銀已經剝落，玻璃也裂開了。

「解開他的繩子，脫下他的衣服。」

一名男子命令另外一名男子。下達命令的可能就是首領。

手下解開一郎手上的繩子。脫下一郎的衣褲之後，再度反綁住他的雙手與腳。可憐的一郎，就這樣的被推倒在地。

小林少年的冒險

一郎倒在地上，看著那名好像首領的男子脫掉身上的衣服，換上自己的衣服。接著拿出顏料箱，打開蓋子，擺在壁爐上。男子站在鏡子前方，用畫筆沾顏料開始進行臉部化妝。男子手握多支筆，小心翼翼的將各種顏色塗抹在臉上。

不久之後，男子突然回過頭來。

「一郎，怎麼樣！這張臉不錯吧？」

一郎看了之後嚇了一跳。

他看到一位和自己長得一模一樣的傢伙。

真是高明的變裝術。稍微喬裝改扮之後，男子的臉竟然變得和一郎一模一樣。

「你應該知道我是變裝名人吧！我可以隨心所欲的變出各種面貌來，不知道哪一張才是我真正的臉。我經常變換不同的面貌，幾乎快要忘記自己真正的面貌了。哈哈哈……，你知道了吧，我就是令人膽戰心驚的怪人四十面相。」

一郎嚇得想要大叫，不過因為嘴巴被塞住，因此無法出聲。

（啊！那個傢伙就是四十面相！難道他打算假扮成我，偷偷的溜進家裡，趁機偷走寶石嗎？）

一郎終於發現到這一點，不過卻無計可施。他倒在地上，用忿怒的眼神瞪著對方。

「你必須再忍耐一陣子哦！過了十點之後，我一定會回來為你解開繩子的。」

四十面相說完之後，帶著手下離去。當然，入口的門被上了鎖。

二十分鐘之後，假的一郎青年回到淡谷家。不過，他的言行舉止都令妹妹墨子起了疑心。

又過了四十分鐘，倒在地板上的一郎，好像聽到有人漸漸接近門外的腳步聲。

難道怪人回來了？一郎直瞪著門的方向。聽到門把轉動的聲音，門靜靜的被打開，有人偷偷的溜了進來。

當時已近黃昏，房間裡有點昏暗，不過一郎的眼睛已經習慣室內昏暗的光線，因此，可以約略看到景況。

進入房間的是一位好像兒童般的矮小男子。他的手上握著手電筒，可能是為了小心起見，所以並沒有打開手電筒，而是摸黑走了進來。

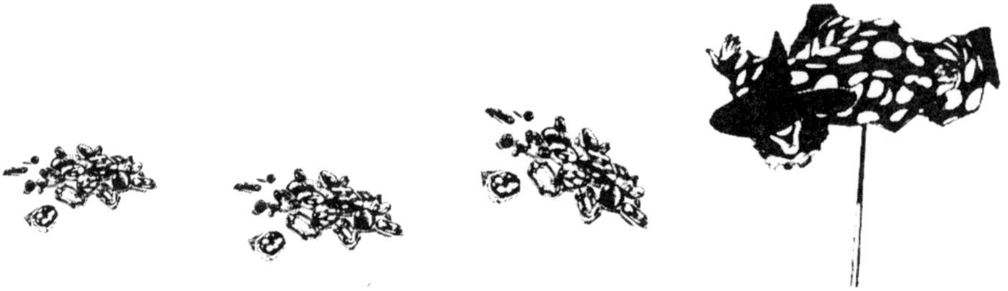

矮小的男子站在入口處朝房內張望。終於發現一郎倒在角落裡。對方悄悄的走過來，打開手電筒，用光線照射一郎的臉。

「你是不是淡谷一郎先生？」

聽到少年的聲音。對方看起來並不像是壞人。一郎的嘴巴被塞住，即使想回答也無法出聲。

少年察覺到這一點，趕緊把手電筒放在地上，解開綁住一郎臉部的手巾，拿掉塞在嘴裡的手帕。一郎終於能夠喘氣了。

「我是淡谷一郎。你是哪位？」

一郎懷疑的問道。

「以前你家發生竊案時，我曾經和明智老師一起到過你家。我是少年助手小林。」

少年說著，用手電筒照自己的臉。一郎終於想起來了。過去淡谷家發生竊案時，和明智偵探一起前來的，就是這位少年。

「啊！你，你就是當時的小林！」

「是啊！」

「你怎麼會到這裡來呢？你怎麼知道我在這裡？」

「剛才另外一位一郎已經回家了。墨子發現他可能是假冒的，我也覺得如此。因為這是四十面相的慣用伎倆。

我趕緊思考真正的一郎到底在哪裡。後來終於想到曾經出現蝙蝠人的屋頂。這棟房子前一陣子曾經發生怪事，我認為這個鐘塔非常可疑，所以過來查看。

我費了好大的力氣才找到這個房間。其他房間都是開著的，只有這個房間上了鎖，我覺得很可疑，於是利用萬能鑰匙開門進來。」

小林簡要的說明經過。他聽了墨子的話之後，說他要出去一下。原來就是要趕往鐘屋救人。

兩人輕聲的商量了一會兒之後，小林少年說道：

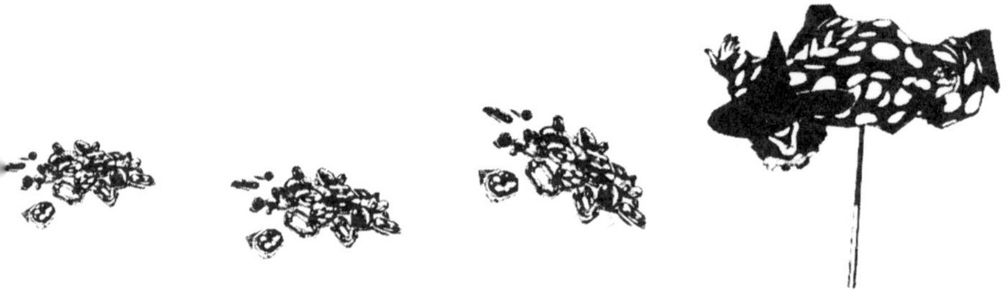

「那麼，就拜託你啦！我還有另外一件事情要做。辦完之後，我立刻就回來。」

「我知道了！我會依照剛才的計畫行事。謝謝你救了我。真不愧是名偵探。謝謝！」

一郎目送小林離去之後，開始穿起擺在一旁的四十面相的衣服。

兩位一郎青年

接下來看看淡谷家書房的情形。書房裡的座鐘已經敲響十點。四十面相預告偷寶石盒的時間終於到了。

書房裡除了主人淡谷先生之外，還有一郎青年（相信各位讀者已經知道這位是假冒的，可惜淡谷先生並沒有察覺）以及小林少年三個人。他們圍坐在桌前，瞪著崁在牆壁上的金庫。

「沒有發生任何事情啊！就算是四十面相，在這麼嚴密的監視下，大概也莫可奈何！」

淡谷先生安心的說道。

「不，那個傢伙一定會遵守約定的，也許東西早就被偷走了。」

一郎青年就好像是四十面相的同夥似的說著。

「你說什麼！怎麼可能會發生這種事情！我們三個人不是一直都待在這裡監視的嗎？」

「是三個人嗎？」

一郎青年好像嘲笑父親似的說道。

「是三個人啊！」

「不是的。剛才小林去用餐時，只剩下你和我兩個人。後來你要去上廁所，我單獨留下來。」

青年說話的語氣非常奇怪。竟然一反常態的稱父親為你，並沒有像

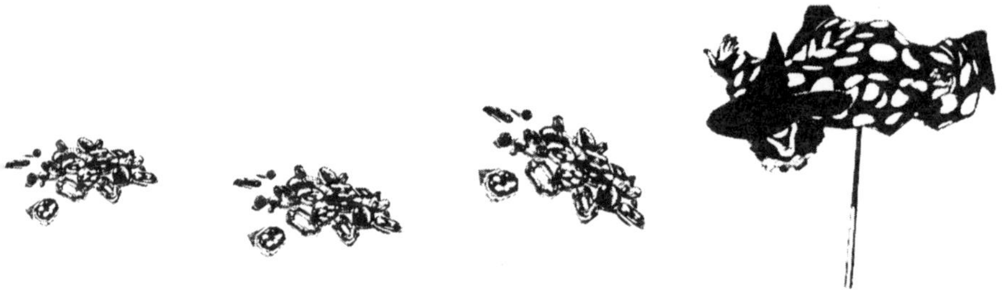

平常一樣的採用尊稱。

「當時你的確單獨留在這裡。那時你在幹麼？」

淡谷先生表情凝重的問道。

「嗯！就是做了一些事情啊！」

「還不趕快說明，到底做了什麼事？」

「你只要打開金庫就知道啦！」

一郎青年不懷好意的說著。

淡谷先生聽到之後嚇了一跳。趕緊大步走到金庫前，轉動密碼鎖，打開金庫。

「啊！不見了！寶石盒不見了！」

淡谷先生呆立在金庫前大叫著。

聽到叫聲，小林少年和一郎青年不約而同的站了起來。沒有人出聲說話，房間裡一片寂靜。

淡谷先生瞪著一郎青年大叫道：

「你為什麼不早點說出來呢！你就這樣任由四十面相進來拿走寶石盒而坐視不顧嗎？」

一郎青年嗤笑著說道：

「他用手槍抵住我，我也沒辦法啊！而且他也知道金庫的密碼。」

「那傢伙是誰？」

「當然是怪盜四十面相啊！長得好像蝙蝠一樣的傢伙！」

一郎青年輕鬆的說道。

小林少年實在聽不下去了，他走到一郎的面前說道：

「你說謊！真是胡說八道。怪盜四十面相根本就還沒有逃走，他現在就在這個房間裡。」

說著，瞪著一郎。

「哇哈哈哈……。小林，你說什麼？四十面相怎麼可能會在這個房

間裡呢？」

一郎青年覺得很好笑似的笑了起來。

「在哪裡呢？」

「就在這裡！」

「這裡是哪裡呀？」

小林用手指著一郎的臉，說道：

「你，你就是怪盜四十面相。」

「哇哈哈哈哈……。你胡說些什麼？我不是這家的兒子一郎嗎！你別胡說了。」

話一說完，書房的門突然被打開。真的一郎走了進來。而墨子就躲在哥哥的身後。

兩位一郎面對面的站在房間正中央。真的一郎穿著四十面相的衣服，假的一郎則穿著一郎的衣服。看起來真假莫辨。假的一郎看起來更像是真的一郎青年。

淡谷先生訝異的看著這個奇怪的景象。墨子來到父親的身邊，抓著父親的手臂。

兩名青年互瞪了一分鐘。即使調換了服裝，冒牌貨終究是冒牌貨。假的一郎的臉色變得越來越難看，甚至整個身體開始搖晃了起來。

「最初發現這個冒牌貨的是墨子。聽她說明之後，我救出真正的一郎。這個傢伙就是四十面相。他假扮成警政署的刑警，把一郎先生關在鐘屋裡。接著再假扮成一郎趕到這裡來。」

小林少年大聲說著。

聽到少年偵探的說明，淡谷先生終於了解事情的真相。

四十面相聽到小林少年的說明，也不禁對於少年的機警感到乍舌。

「哇哈哈哈……。那麼我走啦！」

說完之後，四十面相突然跑向窗邊。迅速的打開玻璃窗，咻的一聲，跳入黑暗的庭院中。

庭院中應該有刑警監視著。不，也許有更可怕的敵人正在等待著。

四十面相能夠順利的通過庭院逃走嗎？

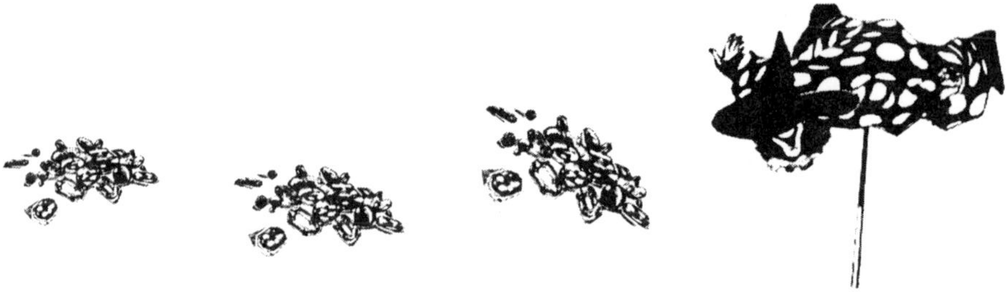

屋頂上的怪人

看到假的一郎青年逃走時，小林少年立刻追到窗邊。從口袋裡掏出偵探七大道具之一的哨子（叫喚他人用），立刻嗶、嗶、嗶的吹響，通知庭院裡的刑警們四十面相逃走了。

在漆黑的廣大庭院中，負責巡邏的三名刑警，聽到哨子聲，立刻聚集在窗邊。

「假扮成一郎的四十面相逃走了。他偷走了寶石盒。剛剛已經從這個窗戶逃了出去。應該還在附近。快去抓他！」

小林少年大叫著，但是，刑警們卻互相對望。

「真奇怪！我們從三個方向包圍過來。如果怪人從這裡逃走，一定會遇到我們三人中的其中一個，但是我們並沒有發現可疑的人，也許他還躲在樹幹後方。」

刑警們懷疑的說道，紛紛打開手電筒，立刻兵分三路搜索。

刑警們在樹叢中搜索了一會兒，並沒有發現假的一郎青年。四十面相就好像是魔法師似的，消失得無影無蹤。

這時，一名面露倦容的刑警，不經意的抬頭看著天空，突然驚訝的叫道：

「啊！在那裡！就在那裡！」

洋房二樓的屋頂上，出現一個可怕的身影。在戶外朦朧燈光的映照下，可以看到夜空中站著一個蝙蝠人。

怪人假扮成一郎青年，又假扮成蝙蝠人，爬到屋頂上去了。

一般人怎麼可能會爬到這麼高的地方呢?後來才知道,原來四十面相事先已經從大屋頂上垂掛一條黑繩,並且一直延伸到窗外。

四十面相跳出窗外之後,抓緊黑繩,有如猴子一樣的爬上了屋頂。

「啊!那個傢伙的身上有寶石盒。」

怪人小心翼翼的帶著寶物,將一個包著紫色布巾的四方形盒子夾在腋下。

「吱、吱、吱、吱……」

空中響起可怕的笑聲。怪人正在嘲笑由庭院中抬頭往上看的刑警們。

刑警們沒有時間仔細思考。立刻豎起梯子,爬上一樓的屋頂,再從那裡架起梯子,往二樓的屋頂上攀爬,準備爬上高處逮捕怪人。不過,對方就好像是雜技演員一樣,當刑警由地面開始往屋頂上攀爬時,他沿著水管往下滑,刑警根本抓不住他。水管通往洋房的對面,只有三名警力,根本無法逮捕到怪人。

「喂，趕緊打電話叫巡邏車過來支援。只憑我們三個人的力量，根本無法抓住竊賊！」

一名刑警跑向洋房玄關準備打電話。

抬頭一看，掛在半空中的另一名刑警「啊」的叫了起來。

因為屋頂上的黑色東西突然跳了下來。

巨大的蝙蝠張開披風翅膀，撲向刑警的頭上。

三名刑警嚇了一跳，趕緊趴在地上。

跳到警察身旁的大蝙蝠，突然再度張開翅膀，直接往上跳到洋房對面的空中。

啊！明白了，原來是鞦韆。四十面相的蝙蝠人，從大屋頂上表演雜技。他利用黑色的繩子盪著鞦韆。

淡谷家的庭院種植米櫧樹，大樹聳立而成為附近的路標。米櫧樹的樹枝朝兩個方向生長。一邊一直往側面延伸。只要將黑繩的一端綁在粗

的樹枝上，而另一端拉到大屋頂上，那麼，四十面相就可以順著繩子跳下來。

黑繩子立刻成為一個大鐘擺，接近地面時，又朝反方向盪了上去。鞦韆盪上去的方向，正好是淡谷家高聳的水泥牆，而外面就是馬路。四十面相的蝙蝠人順著繩子盪到水泥牆上時，突然鬆開手，跳到圍牆外去了。

蝙蝠人在假扮成一郎青年之前，曾經偷偷的溜進淡谷家。墨子還曾經從書房的窗外看過出現在大屋頂的蝙蝠人身影。原來當時怪人早就已經備妥鞦韆了。

變裝再變裝

蝙蝠人咻的一聲跳到圍牆外的馬路上。這裡一邊是淡谷家的水泥牆，一邊是雜草叢生的原野。原野上有一些樹木及低矮的灌木。蝙蝠人迅速的溜入一個灌木叢中，立刻消失了身影。不到一分鐘之後，灌木叢中出現了一位老爺爺。

老爺爺頭戴骯髒的鴨舌帽，身穿破爛的大衣，衣領豎起來遮住頸部，看起來年紀約六十歲。

胸前掛著提燈，脖子上則掛著響板（兩片碰在一起會發出響聲的長方形木片）繩，看起來應該是在街上巡夜的老爺爺。

這名老先生當然就是四十面相所變裝的。他事先已經在灌木叢中藏好了變裝用的衣服。

真不愧是變裝名人，可以立刻從蝙蝠人變成火災警戒員（預防或發現火災的巡邏員）。

三名刑警立刻跑到淡谷家的大門，往這個方向搜索過來。

假扮成老爺爺的四十面相，一直走到原野的盡頭，來到路上，逐漸

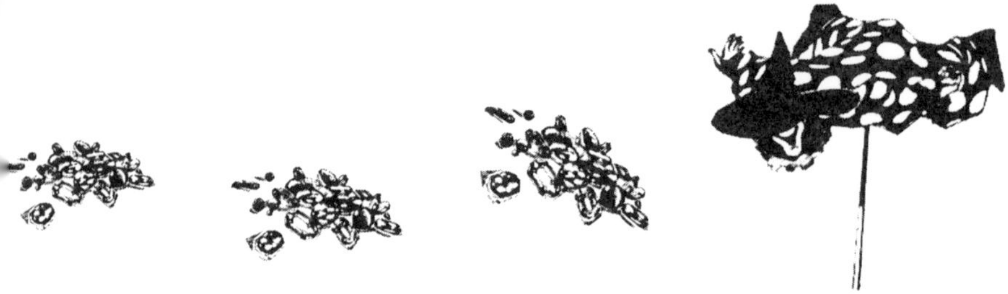

接近刑警們。

「小心火燭……」

巡邏老爺爺敲著響板，慢吞吞的走著。

「喂，老爹！剛才你有沒有看到一位穿著黑色披風的人跑到這裡來？」

一名刑警詢問。

「咦！黑色披風？」

老爺爺停下了腳步，驚訝的回問。那是嘶啞的老人聲音。

「嗯，是一位名叫四十面相的大盜。他跳到這個圍牆外，身上穿著黑色緊身衣，披著黑色披風，打扮成蝙蝠的樣子，你有沒有看到這樣的人？」

「啊，是他啊，嗯，剛才那個傢伙！啊，對、對、對，穿著披風在那裡跑著，就在那裡！往那裡跑去了！」

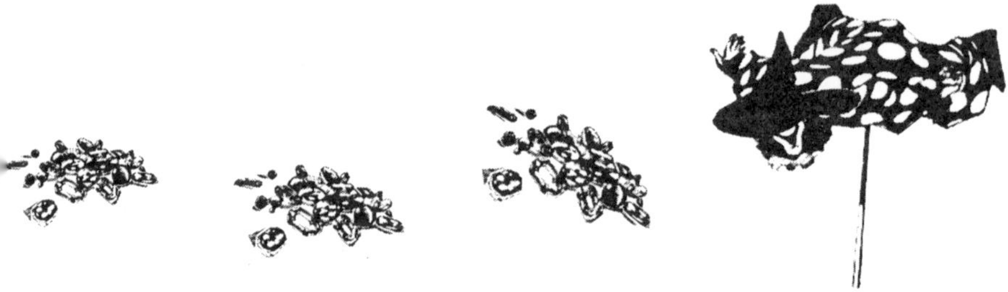

巡邏老爺爺用手指著後方，認真的回答。

「是那裡！好！快去追！」

刑警們順著老爺爺手指的方向，加快腳步跑了過去。

目送他們離去之後，老爺爺不禁嗤笑了起來。他迅速的變裝，果真奏效了。

但是，現在還不能掉以輕心。刑警們可能會在中途發覺受騙而再折返，到時候可就糟了。

老爺爺看了看四周，再度回到原野上，躲入剛才變裝的灌木叢中。那裡還藏著之前脫下來的披風，以及長著兩隻角的假髮和其他的變裝服。而之前偷來的寶石盒包袱也藏在灌木叢裡。

四十面相趕緊脫下老爺爺的裝扮，換上另一套衣服。打開放在一旁的顏料盒，開始進行臉部化妝。

不一會兒工夫，灌木叢中出現的，是一位穿著氣派的大衣，頭戴軟帽、鼻上架著一副時髦的眼鏡、留著小鬍子的紳士。

紳士將紫色包袱夾在腋下，走到馬路上，朝著與刑警相反的方向往熱鬧的大街走去。他招呼了一部計程車，坐上車不知道要到哪裡去。

少女偵探

十分鐘之後，三名刑警失望的回到淡谷家，因為他們白忙一場，跟丟了蝙蝠人。刑警準備打電話回警政署，請求在相關區域拉起警戒線（發生火災或犯罪事件時，在一定的區域內禁止一般人進入，並派遣警力看守）以逮捕竊賊。

三人進門後往玄關的方向走去。突然看到庭院的樹林中出現黑色的人影，一晃而過。

「咦，奇怪！那是什麼？」

「好像有可疑的傢伙在那裡！過去看看！」

三人推開柵欄的門，朝後院走去。

「喂，等一下！是誰？」

刑警追逐著人影大叫著。那個傢伙嚇了一跳而待在原地。一名刑警從人影的身後撲了過去，緊緊的抱住對方。

對方並沒有抵抗，被刑警由身後抱住之後一直待在原地。此人的身材有如女子般的柔弱。

「你是四十面相的手下吧！在這裡做什麼？」

刑警繞到面前，用手電筒照射對方。

對方的個子像兒童般的嬌小，帽子壓得很低。身上穿著寬鬆的西裝、灰色的褲子，腋下夾著用布巾包著的四方形物品。

刑警們看到四方形的包裹時，不禁「啊」的輕聲叫了出來。因為那和寶石盒的形狀一模一樣。

刑警們感到非常懷疑。

難道四十面相假裝逃走，事實上卻躲在這裡！對手是變裝的名人，當然也可能假扮為個子矮小的男子。不管如何，一定要先查看包巾裡的四方形盒子。

一名刑警迅速抓過包袱，立刻打開查看。

「啊！真的是那個東西。」

包巾裡出現一個閃耀著金色光芒的黃金盒。盒蓋上鎖無法打開。外形和傳聞中的寶石盒一模一樣。

「啊！你真的是四十面相。難道……」

當刑警詢問時，男子突然莞爾地笑著抬起頭來。雖然一臉的漆黑，不過看起來卻像是個女孩，有一張清秀的臉龐。難道四十面相也可以假扮成這麼清秀的臉龐？

「我不是！」

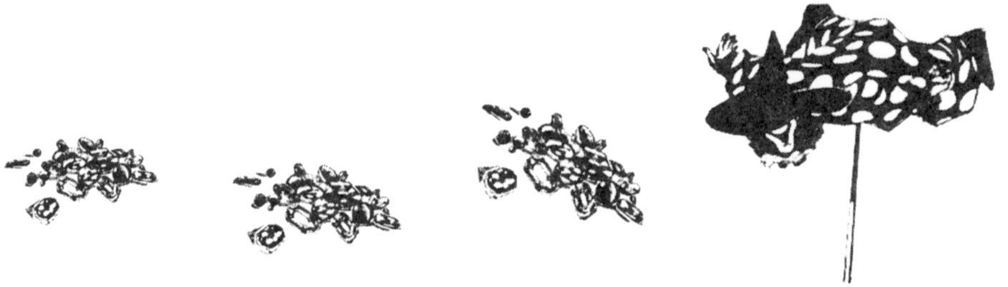

男子用女子的聲音回答。

「如果你不是四十面相，那麼就是他的手下，否則怎麼會拿著這個寶石盒。你故意裝出女人的聲音想要騙我們，少來這一套！」

當刑警責罵時，對方開始出聲笑了起來。

「呵、呵、呵……，我真的是女人。我和小林商量後，決定喬裝為男子。從剛才就一直躲在庭院裡。我是明智偵探的助手花崎植。」

「咦，什麼？」

刑警們聽了之後大吃一驚。

「小林應該在裡面吧！把他叫出來問一下就知道了。」

對方看起來並不像是在說謊。一名刑警立刻快步進入屋內，拉著小林少年走了過來。

少年的身後跟著淡谷先生以及真正的一郎和墨子兩兄妹。

雖然夜已深了，但是墨子還沒有就寢，一直跟在父親的身旁。聽刑警說小植姊姊在庭院中，她立刻拉著爸爸一起過來。

「啊！小植姊姊！是的，她就是明智偵探的助手小植小姐沒有錯。」

小林少年語氣堅定的對刑警們說道。

「原來是這樣！可是這個寶石盒為什麼……」

刑警懷疑的詢問，小植以清晰的語氣說道：

「兩個小時之前小林打電話給我，要我前來庭院中埋伏以觀察書房窗外的動靜。同時要我瞞著刑警們偷偷的躲在這裡。

當我監視書房時，發現小林不在，正巧淡谷先生也離開房間，書房裡只剩下一郎先生一個人。

繼續觀察時，發現一郎打開金庫取出紫色的包袱。小林事先已經告訴我四十面相假扮成一郎的事情。

後來，假一郎拿著寶石盒包袱，打開窗子跳入庭院中，我趕緊躲在大樹的後方。

假一郎迅速的將包袱藏在窗戶附近的樹叢裡，然後再從窗戶回到書房裡。並且裝作若無其事的樣子，繼續冒充一郎先生。後來淡谷先生回到書房。

當時，我心生一計。聽說寶石盒有兩層，寶石盒裡面裝有黃金盒。只要取出內層的黃金盒，再用布巾包好，相信四十面相就不會發現，而會夾帶空盒子逃走。

不過，取出黃金盒之後重量會變得太輕，因此，我在庭院中找了一塊石頭放入空盒子裡。

接著，庭院中發生大騷動。四十面相從窗戶跳了出來，將原本藏在樹叢中的紫色包袱往手腕一套，雙手緊抓著繩索就往上攀爬。

我獨自一人無法阻止，想要到庭院中找刑警們時，刑警們就已經來到窗外，同時發現了在屋頂上的四十面相。

後來四十面相利用鍬钁逃到圍牆外，刑警們追趕而去。對付如此千變萬化的狡猾怪人，我心想也許刑警們會無功而返，於是就一直待在這裡等刑警們回來。

雖然四十面相逃走了，但還好能夠取回寶石盒，這樣應該能夠保住刑警的面子。

「淡谷先生，請你仔細檢查這個盒子吧！」

說完之後，小植從刑警手中拿回黃金盒，交到淡谷先生的手上。

淡谷先生從口袋裡取出鑰匙，當場打開盒蓋。仔細一看，絲絨檯上的確有二十四顆金光閃閃的寶石。一顆也不少。

「非常感謝，小植小姐！真是謝謝妳了！」

淡谷先生說著，緊握女扮男裝的小植的手。

「姊姊，謝謝妳！」

一直跟在爸爸身旁的墨子，也抓著小植，頻頻向她道謝。

紅色小丑

此事件發生一個月後的某一天，兩名可愛的少女，坐在淡谷家附近的原野上聊天。

時間是下午四點。今天的天氣很好，天空萬里無雲，西斜的陽光依然閃耀著光芒。草地上升起煙靄。

兩名少女的面前是一片樹林，對面聳立著鐘塔。也就是曾經出現蝙蝠人的那座鐘塔。

鐘塔的下方，是名鐘錶商建築的有如城堡般的洋房。淡谷一郎就曾經被四十面相關在這棟洋房的房間裡。

看著鐘塔聊天的其中一名少女，就是就讀中學一年級的淡谷墨子。他是名偵探的助手小植的弟子，也就是少女偵探墨子。

另外一位是就讀中學一年級的園田良子。良子的父親園田先生是個有錢人，擁有一些特殊的嗜好。當他看到鐘塔洋房時，非常喜歡這個如同城堡般的古樸建築，因此將洋房買下來居住。

購買之後，開始處理洋房外頹圮的磚瓦。洋房內許多房間都已經重新裝潢，看起來非常舒適。同時，也拜託專家修理鐘塔內部的機械，時鐘已經開始走動了。

洋房修繕完成之後，園田一家人就立刻移入新居，那是一週前的事情。

園田先生育有三名子女。除了良子之外，還有就讀高中的哥哥以及就讀小學的弟弟。

良子轉到和淡谷墨子相同的學校，後來兩人的關係非常好。

今天，墨子到園田的家玩。在準備回家之前，和良子一起坐在原野上聊天。

墨子正在述說有關四十面相的事情。之前因為怕嚇到良子，因此一直沒有提及。不過墨子實在忍不住，終於坦白說出寶石的竊案。

聽完之後，良子神情怪異的說道：

「這件事情我聽爸爸說過。當時，許多人都勸爸爸不要購買這棟洋房。大家都說這裡很可怕。爸爸說，如果這裡是鬼屋，那就太有趣了，堅持要購買。

後來工人重新裝潢洋房內外，並沒有發現什麼可疑之處。媽媽和我一點也不害怕。如果真的有鬼，那就太有趣了！」

聽到良子這麼說，墨子非常佩服。良子的確是勇敢的女孩。墨子心想，也許這個女孩可以加入少女偵探的行列。

「我是名偵探明智小五郎的弟子哦！」

墨子詳細說明自己和朋友一起成為小植的弟子，以及接受明智偵探指導的細節。此外，也說了許多有關於小林少年的事情。

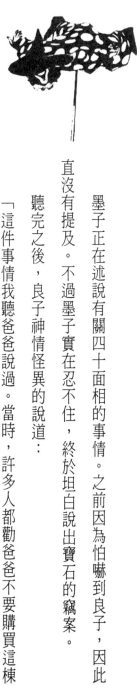

「啊！太棒了！我從以前開始就很喜歡明智老師，我非常尊敬他，也希望能夠成為他的弟子。」

「好，那麼我去說說看。拜託小植姊姊，相信她一定會答應的。妳真的很想加入少女偵探的行列嗎？」

「是啊！我很想見見明智老師和小林哥哥，一想到這裡，我的心跳都加快了呢！」

兩人繼續愉快的聊著天，因此，並沒有發現眼前的鐘塔出現奇怪的景象。

首先發現異狀的是墨子。

鐘塔的屋頂上，好像有紅色的東西掛在那裡。淡谷墨子睜大眼睛仔細的瞧。

「咦，良子，妳看！那是什麼？好可怕喔！」

「怎麼會有東西呢？啊！是小丑！我不知道耶，我們家沒有這種東

西啊！」

良子也瞪大眼睛，驚訝的說道。

原來那裡有一位小丑。戴著紅色尖帽，臉上塗滿厚厚的白色粉底。身上穿著紅底、白色水滴狀花紋的寬鬆小丑服。紅色小丑抓著避雷針鐵棒，站在鐘塔的屋頂上。

因為距離太遠，所以看不到他的表情，感覺好像正對著這邊笑著。

「奇怪！我們家並沒有這種小丑，他到底是從哪裡來的呢？可能是從別地方爬上去的吧！」

良子害怕的抓著墨子的手。

接著，發生了更奇怪的事情。小丑已經爬上了避雷針的頂端。

小丑好像雜技演員似的，用腹部抵住避雷針的尖端，逐漸放開雙手、雙腳，趴在避雷針頂端轉動著身體。就好像棒子頂端擺著一隻小烏龜似的。

「咦，他竟然用腹部抵住避雷針的尖端在那裡旋轉身體耶！」

「他的肚子上一定綁著鐵帶。鐵帶上有陷凹處，利用這個陷凹可以抵住避雷針的尖端。在馬戲團裡經常都可以看到這樣的表演。」

全身鮮紅的小丑，利用攤成大字形的手腳巧妙的取得平衡，旋轉速度越來越快，有如一個美麗的風車。

啊！旋轉速度很快，到最後幾乎無法看清小丑的模樣，只看到一團紅色的東西快速的旋轉著。

「好恐怖喔！也許這是什麼可怕事情的前兆。我要回去告訴爸爸，請他調查一下！」

「嗯！說的也是。我陪妳去。」

兩名少女說完之後站了起來，手牽手進入樹林中。園田家的洋房就在樹林的對面。

兩人喘著氣跑回洋房，抬頭看著鐘塔時，小丑已經悄悄的離開鐘塔

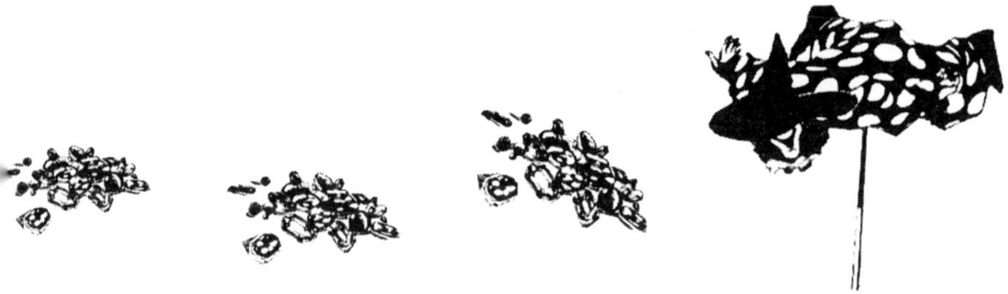

了。

「咦，不見了！到哪裡去了呢？」

「可能是躲進妳家裡了！趕緊告訴妳爸爸。如果需要幫忙的話，可以打電話給我。我爸爸和哥哥都在家。我先回去了，再見啦！」

墨子說完之後轉身離去。

地底的洞穴

墨子在森林中快速的奔跑。

就好像之前蝙蝠人出現的情況一樣。在同一個鐘塔的屋頂上，這次出現的是紅色小丑。墨子心想，這一定是什麼可怕事情的前兆。

想到這裡，墨子覺得剛搬進來的良子真是太可憐了。良子的家可能會發生什麼可怕的事情。

「那棟洋房真的是鬼屋。雖然已經重新裝潢過，但是，妖怪可能還躲在裡頭也說不定。真可怕！」

墨子越想越害怕，因此加快腳步前進。

突然，對面的樹叢中出現一團紅色的東西。

墨子嚇了一跳，停下了腳步。

是那個傢伙！沒錯，就是他！就是剛才在避雷針上不斷旋轉的紅色小丑。

已經來不及逃走了。紅色小丑正朝著墨子走了過來。

「嘿嘿嘿嘿嘿……。妳是淡谷墨子吧？我是馬戲團的小丑，我很會表演喔！而且也會變魔術。嘿、嘿、嘿，想不想看我的馬戲團呢？就在附近喔！我讓妳坐在貴賓席上觀賞，跟我來吧！距離吃晚餐的時間還早，我會送妳回家的。」

小丑的臉上抹著厚厚的白粉，臉頰上用紅色顏料塗成圓形。好像戴

了假睫毛似的，睫毛看起來非常的長，眼睛就像洋娃娃一樣的可愛。嘴唇也塗成鮮紅色。鮮紅的大嘴發出「嘿嘿嘿嘿嘿……」的笑聲。

「我、我還有事，我要回家了。」

墨子強忍心中的恐懼，斬釘截鐵的拒絕。

「快別這麼說，去看一下嘛！那是很棒的馬戲團表演喔！大象、海豹、猴子都會表演。此外，空中馬戲團也很精采。來吧、來吧，車子已經在那裡等著了。上了車立刻就到了。」

那張擁有鮮紅嘴唇、白臉的傢伙，立刻靠到墨子的面前。墨子聞到一股帶有煙味的炙熱氣息。

有著長睫毛的大眼睛閃閃生輝，好像在進行催眠術似的，直盯著墨子的眼睛看。

墨子覺得自己好像被貓盯上的老鼠，嚇得全身僵硬，無法動彈。

在樹林對面的原野上，沒有任何一個孩子的蹤影。原野的對面只有一棟大宅邸，根本沒有人會到那裡去。所以，即使大聲叫喊，也沒有人會過來救自己。

墨子距離身後良子家的洋房有一百公尺遠。良子家洋房的牆壁非常厚，窗戶也很小，即使大聲呼救，恐怕他們也聽不到。

儘管如此，墨子還是大聲叫道：

「啊——！來人哪……，救命啊……」

小丑戴著手套的手，突然伸到墨子的面前，捂住墨子的嘴巴。

「不要出聲！再出聲我就修理妳。快！跟我來。我會讓妳看有趣的馬戲表演。」

小丑說著，抱起墨子往前跑去。

穿過原野，來到一條寂靜的道路上。一部汽車在旁等候。

小丑讓墨子坐在汽車的後座，自己跟著上車，啪的一聲，關上了車門。

「快走！」

小丑吩咐駕駛。駕駛應該是小丑的同夥。

「我們要上路了，也許妳會覺得不舒服，但還要忍耐一下喔！」

說著，小丑將大手帕捏成圓形，塞入墨子的口中，用布綁著她的嘴巴。接著，掏出一條黑布蒙住墨子的眼睛。

「如果不把妳的手綁起來，妳就會把蒙眼布拉下來，所以還是要把妳的手綁起來。」

說完之後，用繩子綁住墨子的雙手。

被蒙住眼睛的墨子，什麼也看不到。汽車快速的奔馳著。忽左忽右，墨子不知道自己會被帶往何處。

大約行進了三十分鐘，車子終於停了下來。

「到了，待會兒就要進到我家了。妳的眼睛被蒙住，無法走路，我來抱妳吧！」

塔上的魔術師

說著，小丑把墨子從車上抱了下來，進入一棟建築物中。

墨子聽到門打開和關上的聲音，感覺好像走下樓梯。難道是要到地下室去嗎?後來似乎來到一個狹窄的走廊，接著聽到打開厚重門的聲音。應該不是西式的門，而是朝側面推開的和式門。

一股陰涼的氣息與霉味撲鼻而來。

真的是在地下室。

「來，就是這裡。雖然是一片漆黑，但是，妳可以想像看到空中馬戲團的表演喔！」

小丑說著，拿掉蒙住墨子眼睛的布以及塞在嘴巴裡的東西。

墨子仔細一看，這是一間水泥牆圍繞、天花板非常矮的狹窄房間。對面的角落裡擺著長椅，上方鋪著毛毯。沒有電燈，只有一支蠟燭擺在地板上。

燭光從下方往上照在小丑的臉上。小丑臉部的影子顛倒了過來，看起來更加可怕。

長長的睫毛好像躲在眼瞼的後方。嘴巴到下巴看起來都是白色的。嘴巴以上除了鼻子和臉頰之外，都是黑色的陰影。大大的眼珠在陰影中打轉。那是一張好像妖怪般的可怕臉龐。

妖怪移動看起來有點發黑的嘴唇，說道：

「妳在這裡待一陣子，我不會虐待妳的。為了實行一些計劃，我必須把妳藏在這裡。

這裡沒有床，但是，那裡有一張長椅，毛毯也已經準備好了，妳可以在上面睡覺。窗簾後面有廁所，同時也準備了許多的水。另外，蠟燭和火柴就在長椅旁邊。

妳不必擔心三餐的問題，會有人送飯過來。妳就在這裡做著馬戲團的夢，好好的睡一覺吧！」

小丑親切的說了這些話之後，露牙笑著走出房間。

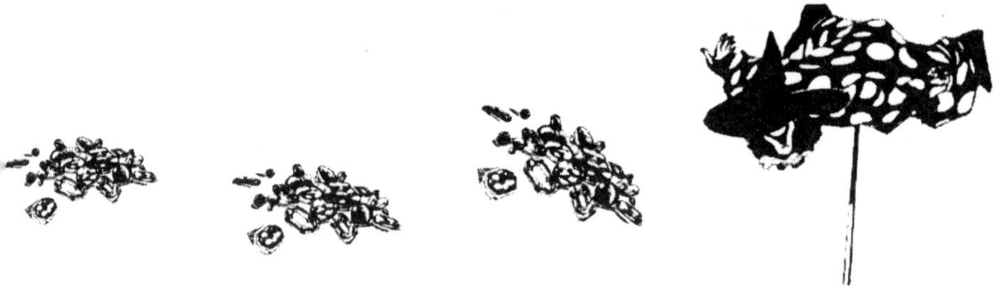

聽到厚重的門關上的聲音，門被鎖上。好像被關在墓地裡一樣，感覺一片死寂。

墨子雖然覺得有點寂寞，不過總比小丑待在身邊好一些。

「為什麼要把我關在這種地方呢？」

她完全不懂小丑的動機。

墨子走近長椅坐了下來。這是一張高級的椅墊，鬆鬆軟軟的。墨子將手肘支撐在膝蓋上，雙手托腮的思考著。

突然，她感覺房間的角落有東西正在移動。

「咦！」仔細一看，原來是一隻老鼠。

就算有人在這裡，老鼠也肆無忌憚的過來。不久，另外幾隻老鼠也陸續的從小洞中鑽了進來。一共有四隻老鼠。

看到這一幕，墨子不禁從長椅上站了起來，「哇——」的大叫著。

輕微的聲響

話題回到良子。

良子回到洋房之後，很擔心墨子的安危，於是趕緊爬到鐘塔大時鐘下的房間，從那裡的小窗子眺望著原野。

原野的前方是一片樹林，良子看到墨子走在樹林中。距離大約一百公尺遠，墨子看起來就像洋娃娃一樣的小。

良子靠在塔下房間的窗戶前方，看著墨子漸去漸遠的背影。突然發現樹林中出現紅色的東西，並且逐漸接近墨子。

「啊！是剛才的小丑。糟糕，他抓住墨子了！到底想要做什麼呢？該怎麼辦？他想要把墨子帶到哪裡去呢？」

良子很想立刻跑過去救墨子，但是，兩人距離一百公尺遠，就算馬

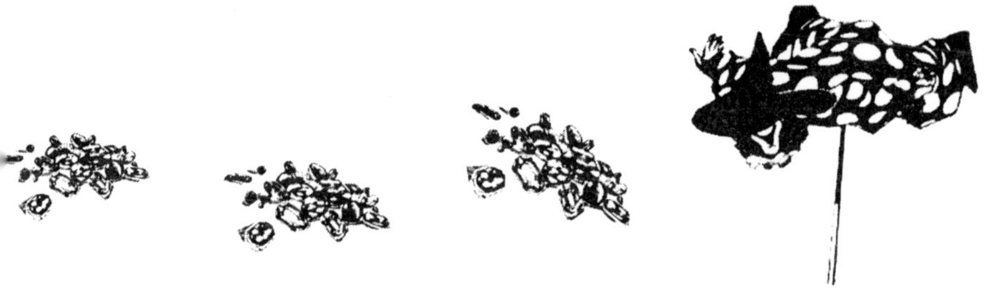

上跑過去也來不及了。

「啊！小丑抱起墨子跑走了！怎麼辦？現在應該沒有人經過原野。墨子沒救了！怎麼辦啊？」

良子待在塔上乾著急，不知如何是好。

後來她看到原野對面停著一部汽車，抱著墨子的小丑走近汽車。

墨子被抱上汽車，關上車門之後，汽車迅速駛離。

看到此處，良子趕緊跑下樓梯，衝入房間，打電話到淡谷家。

「喂、喂，我是園田良子。糟糕了，墨子出事了。我要請淡谷媽媽聽電話！」

不一會，淡谷媽媽接起電話。

「阿姨，糟糕了！墨子被小丑抓上汽車，不知道被帶到哪裡去了！汽車從原野朝南方開走了。因為距離太遠，所以我看不到車牌號碼！」

墨子的媽媽聽到之後嚇了一跳，仔細詢問經過。良子趕緊說明剛才發生的事情。

墨子失蹤這件事，在淡谷家當然引起了大騷動。爸爸和哥哥一郎正好從公司回來，於是立刻打一一〇電話報警，同時也通知明智偵探事務所，拜託他們協助找尋墨子的下落。

附近地區立刻拉起警戒線，調查來往的車子，不過並沒有發現小丑和墨子乘坐的車子。

當天晚上，園田良子躺在洋房中自己房間的床上。她非常擔心墨子的安危，根本無法入眠。就在半夢半醒之間，因為做了可怕的夢而驚醒了過來。

看看時鐘，時間是半夜過了十二點。

「好像有人在說話。」

良子仔細傾聽。

結果真的發現遠處傳來微微的聲響。

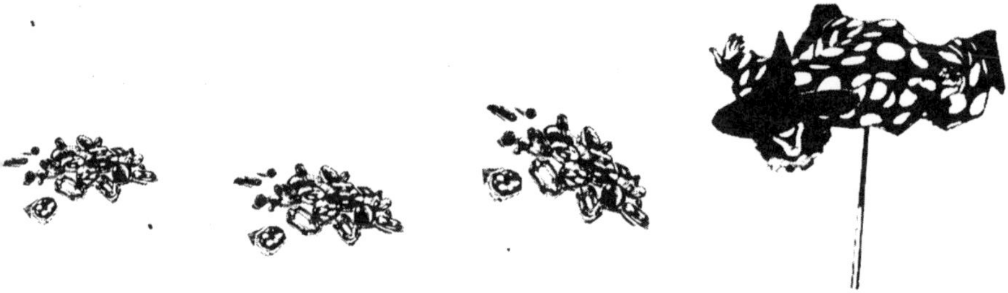

「好可怕喔！救我吧……快來救我啊……」

聽到內容了。是女子的求救聲。

良子從床上跳了下來，打開窗戶往外看。外面是一片漆黑的夜晚。

接下來並沒有聽到任何的聲音。在打開窗戶的剎那間，聲音就立刻消失了。

真是奇怪！當良子關上窗子回到床邊時，又再度聽到不知道從哪裡傳來的微弱聲響。

「咦！難道不是在外面，而是在家裡面嗎？」

良子仔細傾聽，發現聲音好像是從下面傳來的。她坐在地上，耳朵貼在地毯上傾聽。

「救命啊……救命啊……」

聲音比剛才更清楚了。

「難道聲音是從地下室傳來的？」

良子心裡這麼想著，趕緊跑出房間，拚命敲打相鄰的哥哥的房門。

但是，房內一直沒有回答，良子心想可能哥哥已經睡著了。她轉動門把，還好門沒有上鎖，立刻就將門打開了。

良子跑到床邊，搖醒了睡著的哥哥。

「哥哥，糟糕了！我聽到女孩求救的聲音，好像是從地下室傳來的。」

良子的哥哥名叫園田文吉，就讀高中一年級。文吉和良子一樣非常喜歡偵探。

文吉揉揉惺忪的睡眼坐起身來。聽完良子的敘述之後，他從床上跳了起來，拿起擺在抽屜裡的手電筒。

「那麼，就到地下室去瞧一瞧吧！良子，妳也一起來！」

說著走出寢室。

「哥哥真是勇敢！」

良子心中一邊這麼想，一邊跟在哥哥的身後。

地下室的入口就在廚房附近。兩人打開地下室的蓋子，陸續走下水泥樓梯。

地下室有兩間六張榻榻米大的房間，平常做為儲藏室。一邊擺放洋酒瓶，另外一邊擺放一些破舊的桌椅以及各種大大小小的木箱。

兄妹倆一邊用手電筒照射，一邊仔細的搜查桌子底下和木箱裡面，但是並沒有發現到任何人。

「真奇怪？難道不是在地下室？」

「但是，我真的聽到聲音從下方傳來！噓！安靜一點，再聽聽看。」

兄妹倆仔細傾聽，但是，並沒有聽到什麼微弱的聲音。四周一片寂靜，就好像置身於墓地中，良子開始覺得可怕。

「哥哥，我們回去吧！剛才可能是我聽錯了。也許是我把風聲聽成人的聲音了。」

「良子，妳真是個冒失鬼。幹嘛把我吵起來啊！」

「真奇怪，那應該是女孩的叫聲，難道是墨子嗎？墨子可能被關在遠處受苦。她的聲音彷彿收音機一樣的傳到我的耳裡。」

「或許這就是所謂的心電感應喔！因為妳一直掛念著墨子，因此產生心電感應。如果真是那樣，我們在這裡搜查也沒有用，因為墨子應該在遠處。」

兄妹倆失望的各自回到寢室睡覺。那微弱的叫聲，真的是心電感應，還是……。

金光閃閃的房間

到了第二天，淡谷墨子的行蹤依然不明。警察從四面八方展開搜索，明智偵探和小林少年也動員少年偵探團和青少年機動隊，盡可能加

派人手找尋墨子，不過還是一無所獲。

這一天，墨子的爸爸淡谷庄二郎不斷的打電話給親朋好友，同時也打電話給警政署的中村警官，請他協助搜查女兒的下落。

接近中午時分，電話鈴聲響起。淡谷先生嚇了一跳，心想可能是有人知道墨子的行蹤，於是慌張的拿起聽筒。沒想到話筒的另一端卻傳來男子奇怪的嘶啞聲音。

「請問是淡谷庄二郎先生嗎？」

「我就是。請問你是誰？」

「我想跟你談談令千金墨子的事情。」

「咦，墨子！你知道我女兒的下落嗎？」

「是的，我知道。」

「啊！謝謝你。那麼墨子在哪裡？還有，你是誰呢？」

「墨子就在我這裡，但是，我不能告訴你這裡是哪裡。」

「什麼？你到底是誰？」

「難道你不知道嗎？哇哈哈哈哈……，是我啊！也就是偷走你的寶石盒的那名男子啊！」

淡谷先生嚇了一跳，原來是那個傢伙綁架了墨子。

「你、你就是四十面相嗎？」

「是啊！」

對方爽快的承認。

「為什麼要打電話給我？難道想要我用贖金贖回墨子嗎？」

「我不要錢。我要寶石。通常我只要失敗一次，就不再想要同樣的東西，但是，那二十四顆寶石實在是太美了，因此，我捨不得放棄。為了獲得寶石，我帶走了墨子。當然，我不會虐待她的，我會給她東西吃，只不過是把她關在某個地方而已。只要你把寶石盒拿過來，我就把墨子還給你。」

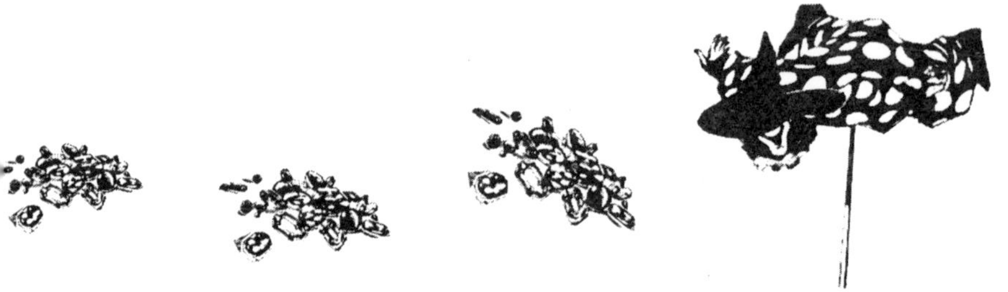

「拿到哪裡去？」

「在距離你家半公里的南方，有一個八幡神社森林。今天晚上十點，我在神社的牌坊那裡等你。你自己拿著寶石盒，十點整到達那裡。你不要耍詭計，一定要遵守約定。即使通知警察也無所謂，但是你一定要單獨前來。不可以搭車，必須走路過來。如果你帶其他的人過來，那就是破壞約定。到時候也許墨子永遠都回不去了。」

「好！我知道了。十點整我會將寶石盒帶到八幡神社的牌坊那裡。你會在那裡把墨子還給我嗎？」

「不，不是那裡。我擔心警察會躲在暗處，因此，會帶你到安全的地方去，到了那裡再交換墨子和寶石盒。」

「好！就這麼說定了。」

「我再提醒你一次，你不必查詢我是從哪裡打電話過來。這是公用電話。再見了！」

說完之後掛上電話。

淡谷先生趕緊打電話叫回公司裡的兒子一郎，和墨子的媽媽三個人一起商量這件事情。雖然寶石很重要，但是，女兒墨子是無法取代的，因此，決定依照四十面相的吩咐去做。

淡谷先生打電話給明智偵探，請他趕緊過來一趟。明智偵探立刻帶著小林少年驅車前往。

淡谷先生請兩人進入書房密談了三十分鐘。後來三個人神情開朗的走出書房。

似乎已經擬定好萬全的計劃了。

晚上十點，淡谷先生將包著寶石盒的包袱夾在腋下，一個人步行前往八幡神社。

神社位於茂密的森林中，到處都是昏暗的燈光，根本看不清人影。

淡谷先生站在牌坊前，靜靜的看著四周。時間正好是十點。

此時，森林中有一名男子走了過來。對方穿著黑色西裝，頭戴黑色鴨舌帽，就好像從黑暗中飄浮出來似的。他就是四十面相。

「到這裡來，車子正在等著。」

黑衣男子輕聲說著，牽起淡谷先生的手。

淡谷先生跟隨他走到神社後方的森林外，一部關上車頭燈的汽車已在一旁等待。

當四十面相和淡谷先生還走在森林中時，車子下方出現一個小小的人影，然後就消失在黑暗中。

駕駛坐在車上，一直看著前方，所以，根本沒有發現車下出現一名矮小的男子。

這名男子到底是誰？為什麼要鑽到車下呢？說到矮小的男子，大家是否想到了什麼人了呢？

看起來像是個矮小的少年。穿著黑色衣服的少年鑽入車子底下，到底在做什麼？少年偵探故事中，經常出現這樣的場面（第七集『透明怪人』、第十一集『灰色巨人』等事件）。

四十面相和淡谷先生一起坐上車子之後，四十面相從口袋裡掏出一條黑色大包巾。

「我要蒙住你的眼睛，因為我不想讓你知道我們要去哪裡。」

說完之後，四十面相用黑布蒙起淡谷先生的眼睛。

車子在街道轉了幾個彎，奔馳了三十分鐘，終於停了下來。

「就是這裡！不可以拿掉眼布！雖然不太好走，但是，我會牽著你的手。跟我來吧！」

淡谷先生下車之後，手臂夾緊寶石盒，在四十面相的帶領下前進。通過草木茂盛的道路之後走下石階。感覺好像走下井裡似的。

「這是通往地下的階梯，是不是要去地下室呢？」

淡谷先生心中想著。

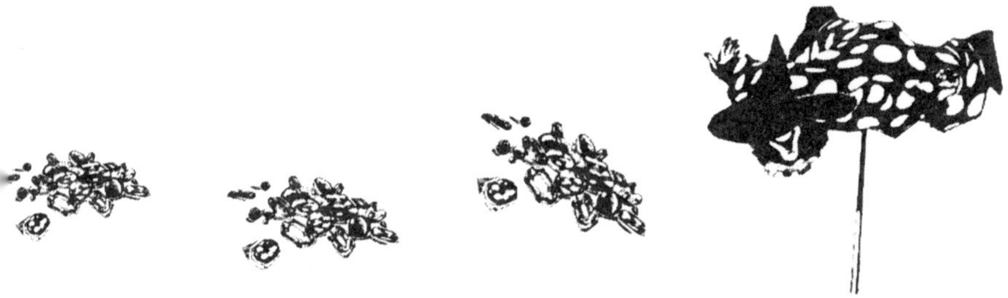

下了樓梯之後到達平地，感覺好像走在狹窄的隧道中。

沿路轉了幾個彎之後，終於聽到門打開的聲音，他們走進了一間房間。

「好，可以拿掉蒙面布了。」

四十面相說著，為淡谷先生取下黑布。

淡谷先生眨眨眼睛，看著周圍。出現在眼前的房間非常華麗，令他大吃一驚。

無論牆壁、天花板或桌椅等，全都金光閃閃。天花板上垂掛著由好幾百顆水晶鑲成的水晶燈，非常美麗耀眼。

一側的牆上陳列著華麗的玻璃櫥櫃，裡面擺著各式各樣的雕刻品、古老的西方茶壺、鑲有寶石的盒子與胸針及手環等。

其中最醒目的寶物，是一頂不知道來自哪個國家的皇冠。皇冠的黃金檯子上鑲有無數顆的寶石，真是美不勝收！淡谷先生看得目瞪口呆。

微笑的四十面相

在金碧輝煌的房間裡，四十面相站在金光閃閃的桌前微笑著。

「淡谷先生，你真勇敢。竟然敢單獨攜帶寶石赴約。如果有刑警或私家偵探等悄悄的跟蹤我們，我絕對不會把墨子還給你。但是，既然你已經依約前來，我也會按照約定把女兒還給你。」

四十面相禮貌的說著。

「你當然必須把女兒還給我，因為我已經把自己花了三十年心血收集而來的寶物，全都交給你了。如果你不把女兒還給我，我一定會和你拼命的。」

淡谷先生神情堅決的說道。

「哈哈哈哈哈……。不必威脅我，我一定會把女兒還給你的。我已

經派人去把她帶過來了！」

四十面相話一說完，一名手下慌慌張張的跑了過來。

「首領，糟糕了！」

手下看了淡谷先生一眼，走到四十面相的身邊，附在他的耳邊說了一些話。

四十面相聽完之後，以可怕的眼神瞪著淡谷先生，隨即和手下一起走出房間。

淡谷先生因為四十面相可怕的眼神而感到有點擔心。難道發生了什麼意料之外的事情嗎？難道四十面相不願意歸還墨子？一想到此處，淡谷先生就更加的不安了。

大約十分鐘之後，四十面相回來了。啊！還好他牽著墨子的手走了過來。

「爸爸！」

墨子哭著奔向父親。淡谷先生雙手緊抱著女兒，久久說不出話來。

墨子依然穿著離家時的衣服，不過衣服都已經髒了。可憐的女兒，晚上也一定穿著這件衣服睡覺。她的臉色並不好，看起來有點瘦了。

墨子投入父親堅強的懷抱中，已經沒事了。

這時，突然聽到四十面相發出可怕的笑聲。

「哇哈哈哈……，真好笑，實在是太好笑了。哇哈哈哈……，淡谷先生，跟你沒什麼關係，你安心吧！你已經把寶石帶來了，所以可以把墨子帶回去了。

你可能不知道，明智偵探做了一件非常奇怪的事情。哇哈哈哈哈……，請你告訴他，四十面相並不是沒有發現。遇到明智時，你就這麼的對他說吧！哇哈哈哈哈……，現在明智先生恐怕欲哭無淚了！哇哈哈哈哈……，真是太痛快了。」

淡谷先生不知道四十面相在說些什麼，不過，只要墨子能夠平安無

事的回來，他什麼話也不想再說，也不想再詢問原因了。

淡谷先生和墨子再次被蒙上眼睛，由四十面相的手下帶著走出房間。爬上樓梯之後坐上汽車，被送往淡谷家附近。看到墨子時，媽媽和哥哥會有多麼高興，相信大家都想像得到。

偵探犬

第二天早上，名偵探的少年助手小林芳雄，帶著一隻大牧羊犬坐上汽車，來到八幡神社前。

這隻牧羊犬名叫「五郎」，是一隻偵探犬。能夠聞出人類的嗅覺無法分辨的微弱氣息，藉此追蹤犯人。牠是明智偵探的朋友的愛犬，有時候偵探會向朋友借用這隻偵探犬。今天則由小林少年借了這隻偵探犬，讓牠坐上汽車前往神社。

汽車停在八幡神社前，小林帶著「五郎」下車。來到昨晚四十面相的汽車停放的地方時，小林打開手上拿的報紙包，裡面放著一團沾有黑色煤焦油的破布。

小林把破布拿到「五郎」的鼻前，讓牠仔細的聞氣味。

「就是這個氣味，知道了嗎？跟蹤這個氣味。」

小林說著，拍拍牧羊犬的脖子，抓著長繩的一端，讓「五郎」追蹤這個氣味帶路。

「五郎」開始仔細的聞附近的地面，終於聞出微弱的氣息，嗚、嗚的叫著，開始往前跑去。

小林看到之後，緊抓著長繩的一端，坐上汽車的助手席，拜託駕駛跟著「五郎」。

「五郎」一邊追蹤氣味一邊往前跑。汽車則跟在牧羊犬的身後，慢慢的前進找尋目的地。

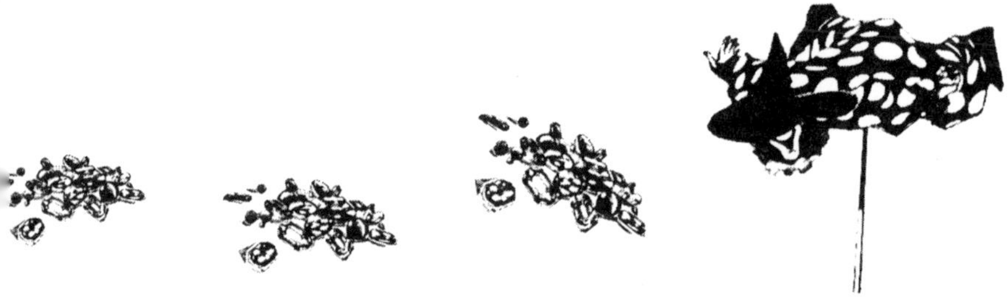

為什麼要這樣做呢？

仔細觀察牧羊犬跑過的地面，上面好像有如黑線般的痕跡，一直延伸到前方。

這個黑線似乎帶有氣味。「五郎」用鼻子聞著黑線的氣味往前走。

這個黑線到底是什麼呢？

原來，前一天晚上鑽到四十面相的汽車底下的矮小男子，就是小林少年。

小林拿著裝滿煤焦油的鐵罐鑽入汽車底部，悄悄的將罐子掛在汽車底盤的隱密處。

只要在鐵罐底部挖個小洞，煤焦油就會像線一樣的滴在地上。

「五郎」所追蹤的黑線，就是這個煤焦油線。

雖然小林一大早就趕過來，但是，之前道路上已經有車子通過，也有人走過，煤焦油線斷斷續續的，有時候根本看不清楚。不過，借助牧羊犬的鼻子，就可以聞出微弱的氣味，因此必須帶「五郎」前來。

在想要跟蹤汽車，又不被對方發現的情況下，小林經常使用這個方法（第八集『怪人四十面相』）。

在大的煤焦油鐵罐底部鑽個針孔小洞，罐內的煤焦油就會慢慢的滴下來，並不會一次完全漏光，等全部滴完，大約要花上三十到四十分鐘的時間。

「五郎」沿著巷道不停的轉彎、前進，持續跟蹤氣味而往前奔馳。還好這裡是人煙稀少的巷道，不必擔心會因為氣味消失而迷失方向。

汽車跟著牧羊犬慢慢的前進，比較費時，大約行進了三十分鐘。

「真是奇怪！怎麼又回到原來的地方。雖然是經過不同的巷子，但是最後還是回到淡谷家附近。這到底是怎麼一回事？啊！我知道了，四十面相故意繞遠路，想要讓人誤以為他是在距離很遠的地方。看來他的巢穴應該就在附近。」

小林心中想著。

事實上真是如此嗎？「五郎」逐漸回到淡谷家附近。

真是非常神奇。「五郎」慢慢的接近淡谷家，最後卻停在淡谷家的門前。

「五郎」鑽進門內，小林沒有辦法，也只好跟著下車。拉著繩子，跟在「五郎」的後面。

進門之後，繞過建築物的側面走入庭園，通過庭院的樹木，來到一棵大米櫧樹下，「五郎」就停在那裡。

仔細一看，米櫧樹的根部附近，擺著一個四十公分大的四方形白鐵罐。

小林「啊」的叫了一聲，跑了過去。

結果竟然會是這樣。這不就是昨天晚上掛在四十面相汽車底部的煤焦油罐嗎？

罐子上擺著一張用紅絲帶綁著的白色西式信封。

小林趕緊拿起信，撕開封口，抽出裡面的信件。上面的內容是：

明智先生，別再做這麼無聊的事情了。想利用煤焦油線來發現我的藏身處，這種方法根本行不通。你絕對找不到我的。再見啦！

四十面相

看到此處，小林少年快要哭出來了。

四十面相真是個狡猾的傢伙。他應該是在某條岔路上去除原本滴下的煤焦油線，然後在另外一條路上滴煤焦油，並一直滴到淡谷家的庭院裡來。這一定是昨天晚上做的事情。

既然計謀失敗了，小林也只好對淡谷先生說明整件事情的經過。淡谷先生來到庭院中看著白鐵罐。墨子也是這件事的關係人，她跟在父親的身後，戰戰兢兢的看著白鐵罐。

「喔！我知道當時四十面相為什麼要開懷大笑了。當手下發現這個白鐵罐而前來通知他時，他想出這個報復的方法，因此樂得開懷大笑。當時我還因為他的異常舉止而百思不解。」

淡谷先生看了四十面相的信，終於了解事情的真相。

淡谷先生請小林少年進入客廳，眾人聊了一會兒之後，小林告辭而回到偵探事務所。

大時鐘怪

接下來的兩週內，都沒有發生任何怪事。

有一天，住在鐘塔洋房內的園田良子放學回家後，待在自己的書房裡做功課。後來她拿著望遠鏡爬上鐘塔。鐘塔的最上方是大時鐘的機械室。良子來到機械室下面的房間，想要觀賞窗外的景色。

只要爬到該處，隔著森林就可以看到朋友淡谷墨子的家。距離大約三百公尺，只要用望遠鏡看，就可以看到墨子在自家的二樓看著這邊。兩位少女經常拿著望遠鏡互相對望。只要揮舞著手帕打暗號，就可以溝通了。

良子心想，如果墨子今天也能夠從窗子朝這邊看，那該有多好。她爬上高塔的樓梯，來到三樓時，發現好像有人躲在暗處偷窺。

包括最上方的鐘室在內，鐘塔共有五層樓。只要再往上爬一層，就可以到達觀看窗外景色的房間了。

不過，良子感覺有人在下面的三樓那裡。

良子從樓梯看向三樓的房間，覺得似乎有紅色的東西往四樓的樓梯走去，立刻消失了蹤影。

「咦，是誰啊?難道是哥哥?哥哥怎麼會穿這樣的衣服呢?」

良子心中想著，來到通往四樓的樓梯下，抬頭往上看。結果在樓梯上看到了一張臉。

啊！是那張臉！

就是她曾經看過的那張可怕的臉。

頭戴紅白相間的尖帽子，臉上塗著厚厚的白粉，有著鮮紅的嘴唇，兩個臉頰都塗成紅色圓形的那張小丑的臉。

良子嚇得無法動彈，即使想要大叫，也發不出聲音來。

小丑看到良子之後開始嗤笑著，隨即消失在樓梯間。

等到對方不再現身時，良子終於能夠移動雙腳。她拼命的從三樓跑到二樓，再從二樓跑到一樓，迅速的跑下樓梯。

衝到一樓的走廊上時，良子和迎面而來的哥哥丈吉撞個正著。

「喂！良子，怎麼回事？妳的臉色怎麼這麼蒼白……？」

「啊！哥哥，糟糕了！小丑就在鐘塔上，和那個抓走墨子的人長得一模一樣。」

良子上氣不接下氣的說道。

「什麼？那個傢伙在鐘塔上？好，我這就去看看！」

丈吉說著，趕緊往樓梯上跑去。

鐘塔一共有五層。到四樓為止都是一般的小房間，最上面的五樓是大時鐘的機械室。丈吉逐一檢查各樓層，到四樓為止的房間內，都沒有發現小丑。他心想小丑一定躲在五樓的機械室裡。

丈吉躡手躡腳的從四樓朝五樓的樓梯往上走去。然後從樓梯上伸長脖子看著機械室。

五樓的整個房間裡都是時鐘機械。比平常掛在牆上的時鐘機械大上幾千倍的大、小齒輪互相咬合，一根巨大的鐘擺慢慢的搖晃著。

現在的時鐘大都是採用電動方式轉動，鐘塔上的大鐘則是很久以前打造的，因此，還是利用鋼鐵發條啟動。大鐘是用厚且寬的鋼鐵板圍繞而成。必須費很大的力量移動鐘擺，讓指針走動。

最大齒輪的直徑將近一公尺。另外還有中、小型的齒輪等，各種大小形狀不一的齒輪以不同的速度旋轉著。

齒輪和齒輪之間有縫隙，丈吉從縫隙間看過去，正好看到紅色的東西在移動。

丈吉嚇了一跳。那個紅色的東西的確是小丑服。

丈吉屏氣凝神的繼續觀察，並且從比較近的縫隙看到紅色的東西。

「誰在那裡！」

丈吉大叫著。周圍一片寂靜，沒有任何聲響。

對方似乎也停止呼吸以觀察情況。

「是誰，出來！」

丈吉再次大叫出聲，但還是不見任何的回應。

如果是一般的少年，可能會嚇得倉皇逃走。丈吉不愧是勇敢的少年，他並沒有逃走，並且下定決心要抓住這名可疑的傢伙。

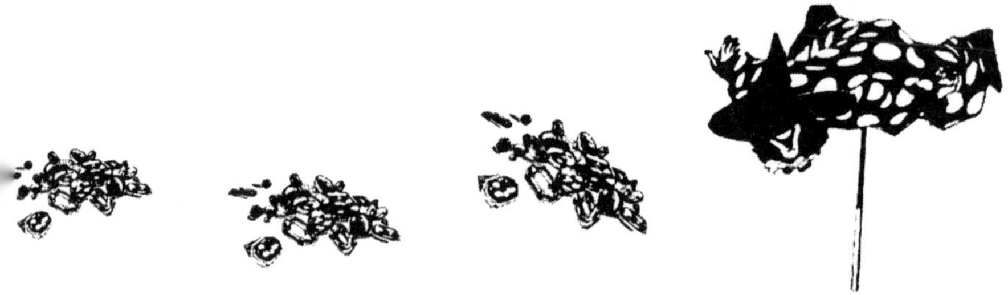

他爬上樓梯，進入機械室。一雙眼睛仔細看著對面每個齒輪與齒輪間的縫隙。

機械室的齒輪不停的轉動，可以看到齒輪間狹窄的縫隙。

縫隙的對面比較昏暗，仔細一看，好像對方在那裡眨著眼睛。

是人的眼睛！一雙大眼睛瞪著這裡。

丈吉嚇了一大跳。小丑似乎也從對面望著自己。

雙方一動也不動的互相看著對方。後來小丑突然離開縫隙，一溜煙的，不知道逃到哪裡去了。

丈吉鼓起勇氣，繞到齒輪的另一邊。這個房間裡全都是齒輪，角落有一個可供人通行的走道。

丈吉繞過去之後，從齒輪的一角看著對面。

但是，並沒有看到任何蹤影，不知道小丑躲到哪裡去了。

文字盤洞

機械室的外側有三邊都是時鐘的鐘面，文字盤的直徑約五、六公尺。巨大的文字盤分別位於前、左、右三邊。長針和短針在上面轉動著。

時鐘指針的心棒伸向三邊。機械室的心棒橫陳在如同大人般高度的地方。

心棒下方接近八點和四點的數字附近，有兩個如圓窗般的洞。大時鐘並不需要這個洞穴，這是模仿掛鐘文字盤鎖螺絲的洞而設計的。

洞穴的尺寸如同人頭一般大小，可以當成往外看的窗子使用。

小丑剛才站在文字盤內側與齒輪機械之間，朝齒輪的縫隙偷窺，但是，現在已經不在那裡了。

「啊哈哈哈哈……，丈吉，你知道我在哪裡嗎？哈哈哈哈……」

不知道從哪裡傳來可怕的笑聲。

到底在哪裡呢？丈吉豎耳傾聽了一會兒，之後就再也沒有聽到聲音了。

「難道小丑跑到文字盤外面去了？」

丈吉突然想起那兩個洞穴。雖然洞穴無法供大人出入，但是，對方就像魔術師一樣，或許他已經不知道從哪裡跑到文字盤外面去了，也說不定。

為了加以確認，丈吉從靠近四點的圓洞探出頭去張望。

從五樓的高處往下看，感覺的確很過癮。

眼下就是淡谷墨子曾經被虜走的那個森林。往對面看去，可以看到許多住家的屋頂。其中當然也包括墨子家在內。

可以看到遠處的百貨公司等大型建築物。在對面的雲層中，出現美麗的富士山。

小丑並沒有在文字盤外。

會不會沿著塔外側往下爬呢？丈吉往下一看，只看到聳立的磚牆，並沒有看到可疑的傢伙。由高處往下看，令人覺得頭暈。

就在這個時候！

嗯！就在這個時候，發生了怪事。

好像有堅硬的東西從丈吉的脖子上掉了下來，正巧壓住了他。

丈吉嚇了一跳，想要縮回頸部時已經來不及了。那個堅硬的東西正巧壓住他的頸部，丈吉的脖子被卡在洞口，動彈不得。

洞穴的大小僅供一顆頭進出，沒有多餘的空間可以伸出手去。丈吉無法用手去移開壓住頸部的堅硬物品。

丈吉不斷的挺起頸部，抵抗往下壓的東西。但是完全無效，硬物依然不停的往下降。

啊！知道了，壓住丈吉脖子的，就是大時鐘的長針。

現在的時間是下午三點，長針停在二十二、三分的地方。正好通過丈吉探出頭去觀看的洞穴前。

時鐘的指針長兩公尺半、寬三十公分，是用堅固的鐵板打造而成的，光靠丈吉的力量當然無法抵擋。

大時鐘的鐘擺藉著大齒輪機械不停的擺盪，指針也不斷的移動。長針通過洞穴大約費時兩分鐘。在這段時間內，長針鐵板慢慢的往下降，丈吉的脖子被越壓越緊，兩分鐘後，就會被切斷了。

想到此處，丈吉嚇得臉色蒼白，開始扯開喉嚨大聲呼叫：

「救命啊……救命啊……我被指針壓住了……救命啊……」

小丑可能還躲在後方的機械室裡，那個傢伙會來救自己嗎？

只要讓時鐘停下來，將指針的心棒齒輪朝反方向轉動，就可以救出丈吉，但是，小丑應該不會這麼做。

不，不僅如此。小丑可能是等到丈吉探出頭去，才故意讓時鐘的指

針落到丈吉的脖子上。

眼看著丈吉就要被嚇昏了過去。

望遠鏡

在此之前，淡谷墨子也很想看看園田良子。

兩名女孩剛才放學時才在校門口分手，不知道為什麼，淡谷墨子很想要見良子一面。

她拿起望遠鏡，爬到二樓的窗邊。

她想，只要用望遠鏡看著園田家的鐘塔，也許就可以看到良子了。

打開二樓的窗子，眼睛對準望遠鏡，調整了一下焦距。

平常和良子用手帕打暗號時，都是利用鐘塔正下方四樓的窗戶。墨子希望良子也在那裡，因此，把焦點對準四樓的窗子。

可惜窗戶是關上的，什麼都看不到。

突然，發現望遠鏡的上方有東西正在移動。墨子心想「真奇怪」，將望遠鏡往上移動，竟然發現奇怪的事情。

大時鐘的文字盤完全映入望遠鏡裡。下方有兩個用來鎖螺絲的圓形洞穴。墨子看到一顆人頭從洞口鑽了出來。

「啊！那不是丈吉嗎？」

墨子嚇了一跳，自言自語的說道。

「沒錯，是丈吉……。哎呀！糟了！時鐘的指針落到丈吉的頭上了！危險！如果不趕快把頭縮回去，那就……。」

指針不斷的接近洞口，丈吉似乎還沒有察覺到大難臨頭。

「啊！碰到脖子了。壓住脖子了。哎呀！丈吉終於發現了，想要把頭縮回去已經來不及了。哇！糟了，丈吉嚇得驚聲尖叫。該怎麼辦呢？來人哪，快救他……」

機警的墨子立刻扔下望遠鏡，衝下樓梯，跑進餐廳的電話旁，立刻拿起聽筒打電話到園田家。

※　※

大時鐘指針的鐵板，已經慢慢的落到丈吉的頸部。

剛才感覺被東西壓住，但是，現在卻覺得好像是被勒緊似的。頸部皮膚似乎已經被切開，開始淌血了。

「好痛啊！我快要死了！快救救我啊……，救命啊……」

丈吉已經快要窒息，發出了呻吟聲。

沒有人過來搭救。雖然爸爸在家，但是，聲音無法傳到爸爸那裡。當然也傳不到在塔的一樓的良子那裡。

如果再沒有人過來救這位少年，丈吉就只有死路一條了。神哪！快點通知什麼人來救他吧！快過來救救可憐的丈吉啊！

※　※

就在緊急時刻，淡谷墨子打電話過來了。聽筒中傳來少女的聲音：

「喂，妳是良子啊！太好了！快點……」

「什麼快一點？妳是誰呀？」

毫不知情的良子，語氣平靜的接著電話。

「我是墨子啊！事情不好，妳哥哥快要死了！快去救他！」

「什麼？快死了？在哪裡？」

「在鐘塔上。時鐘的文字盤上有兩個洞。丈吉的頭就是從洞口伸了出去，而被時鐘的指針夾住了。再不快一點的話，他的脖子可能就要被切斷了！」

墨子聽到喀喳一聲，良子掛上了電話。

「快一點！知道嗎……？」

沒有聽到任何回答。看來良子已經趕緊通知爸爸去救哥哥了。

墨子還是非常擔心，立刻跑上二樓，拿起望遠鏡觀看。

※　※

丈吉在千鈞一髮之際終於獲救了。

良子通知父親後，父親立刻衝上鐘塔，即時將齒輪倒轉而救出了兒子。

獲救後的丈吉，嚇得軟弱無力。父親不斷的搖晃他的身體，丈吉終於醒了過來。

「振作一點！沒有什麼大礙。」

園田先生以平靜的語氣安慰著兒子。丈吉緊抓著父親。即使是勇敢的丈吉，也被大時鐘指針的酷刑嚇得四肢無力。

幸好沒有受到重傷，只是頸部破皮流了一點血，並沒有傷到大血管，只要請醫生擦點藥就沒事了。

丈吉和良子說明發現紅色小丑的事情。爸爸叫來書生，兩人一起檢查機械室內外，但是，都沒有發現小丑的蹤影。

「咦！齒輪間怎麼會有這個東西呢？」

當書生發現到一張紙片時，疑惑的說著。園田先生接過紙片一看，上面用鉛筆寫著幾個字。

想要抓我就會有這種下場。這就是懲罰！

四十面相

啊！原來紅色小丑真的是四十面相喬裝改扮的。

那麼，他到底跑到哪裡去了呢？

機械室三邊的文字盤只有六個圓洞，並沒有窗子。大人的身體無法通過圓洞，應該無處可逃啊！

如果怪人沿著樓梯往下跑，也應該會被其他的人發現才對。園田家有許多書生和傭人，怪人竟然能夠不被任何人發現而逃走，這根本就是不可能的事情。

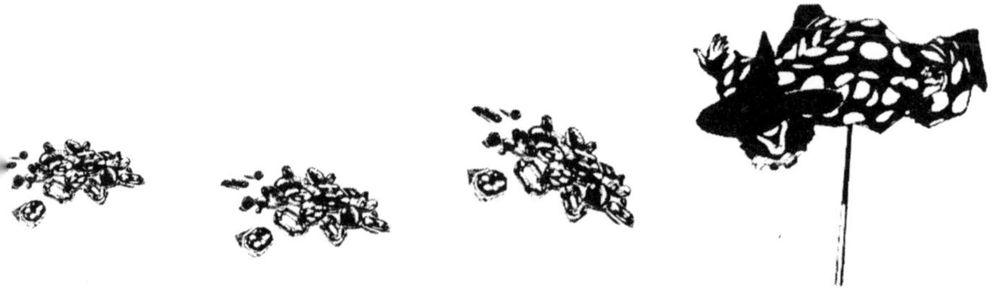

園田先生讓丈吉小睡了一會兒，並請醫生過來處理。醫生說丈吉頸部的傷只要四、五天就能痊癒。

丈吉之所以能夠平安獲救，要歸功於淡谷墨子及時打電話通知。園田夫妻非常感激，於是請良子負責帶路，立刻前往淡谷家致謝。

然而，假扮成小丑的四十面相，為什麼要溜入園田家，他到底有什麼企圖呢？

白色幽靈

到了第四天晚上，丈吉的妹妹良子看到可怕的東西。

良子的房間位於洋房的二樓，和哥哥丈吉的房間相鄰。六張榻榻米大的小房間裡擺著一張小床。

良子睡覺時不會熄滅全部的燈，她習慣在床邊的小檯子上留下一盞有藍色燈罩的燈泡。

半夜兩點時分，良子感覺身體好像被什麼東西壓住似的。她睜開眼睛，赫然發現枕邊站著一團白色的東西。

高度和大人一樣。白色的東西沒有眼睛、鼻子，也沒有嘴巴，是一個全白的怪物。

良子嚇了一跳，立刻用毛毯蓋住頭部。

「良子、良子……」

有人用輕柔的聲音說話，好像是在對良子說悄悄話似的。是白色幽靈在叫喚她。

良子顫抖的雙手，緊緊抓住蓋住頭部的毛毯，身體也不停的發抖，差點昏了過去。

「九月二十日。距離現在還有七天喔！良子。」

耳邊再度傳來輕柔的聲音。

九月二十日？到底是什麼意思呢？今天是九月十三日，二十日就是七天之後。七天之後到底會發生什麼事情呢？

現在良子根本無心想這些事情，她嚇得手腳發軟。

一會兒之後就再也沒有聽到聲音了，良子這才用顫抖的手稍微拉開毛毯，偷偷的觀看房內的情況。

什麼也沒有。難道白色幽靈消失了嗎？

良子坐起身來，朝房間裡張望。幽靈不見了。

「難道是做夢嗎？應該不會呀！剛才真的聽到清楚的聲音。」

良子越想越害怕，一陣涼意襲上心頭，於是趕緊離開房間，跑到隔壁哥哥丈吉的房裡去。

「咦，良子！怎麼回事啊？這麼晚了還跑到這裡來。」

丈吉看到妹妹時嚇了一跳，趕緊從床上爬了起來。

「幽、幽靈出現了……」

「什麼幽靈？」

「一個沒有眼睛、沒有嘴巴的白色幽靈。」

「什麼？妳是在做夢吧！世界上怎麼會有幽靈呢？別說傻話了！現在都被妳吵醒了，我還要不要睡覺啊？」

「我好怕，我不敢自己一個人睡覺。」

「唉，真是膽小鬼！算了，我到妳的房間去看書好了，等妳睡著之後我再離開。」

哥哥溫柔的說著，來到妹妹的房間陪伴著她，直到良子睡著。

6、5、4

第二天早上，良子把前一天晚上發生的事情告訴父母。不過大人們都認為她是在做惡夢，並沒有放在心上。但是，良子堅持那不是夢。

因為良子真的聽到耳邊有人用輕柔的聲音說著「九月二十日」。

這天傍晚，良子在更衣室裡正準備脫衣服洗澡時，鏡子裡竟然出現可怕的東西。

更衣室的牆壁上掛著一面大鏡子。鏡子上，用白墨寫著大大的6這個數字。

原以為有人惡作劇，但是，當良子看到數字6的時候，突然感覺它象徵著某可怕的意義。

前一天晚上，白色的幽靈說「九月二十日，距離今天晚上還有七天喔」，那麼到了第二天，也就是今天，算起來只剩下六天。這個數字是不是意味著「還剩下六天」呢？

一定是幽靈寫的。因為家裡不可能有人會在鏡子上隨便塗鴉。

到了第二天又出現了數字。

良子在庭院中遊玩時，晴朗的空中突然飄來一顆紅色的汽球。

可能汽球的線斷裂了，因此，球在空中飄浮。等到慢慢的漏氣之後掉了下來，正好落在十公尺前方的草叢中。

良子跑過去拿起汽球，但是，立刻鬆手。

好像見到鬼似的，良子臉色蒼白的跑進家中。

為什麼良子這麼害怕呢？因為汽球上用白色的顏料寫著一個大大的5字。

意思當然是指「只剩下五天了」。

到了隔天，良子來到洋房入口的門廊上。家裡養的狗嘴巴叼著東西來到良子的面前。

小狗口中叼著的，是一張四方形的厚紙板。良子不知道小狗到底撿到什麼東西，拿過紙板一看，發現上面用墨汁寫著4這個數字。

良子「啊」的叫了起來，扔下厚紙板跑回家中，立刻對父親說明事情的經過。

「意思是只剩下四天了。前天寫著6，昨天寫著5，今天是4。那個白色幽靈通知我剩下的日子。為什麼要這樣做呢？到底是怎麼回事呢，我好怕喔！」

家中連續發生怪事，父親不得不開始重視這件事情。園田先生叫來妻子和兒子丈吉，商量之後，認為還是要拜託明智偵探處理。

於是立即打電話到明智偵探事務所，明智正好到仙台去辦事，因此由小林少年代替明智先生來到園田的家中調查。

園田先生和丈吉、良子都是第一次見到著名的少年偵探小林。請少年進入客廳之後，大家禮貌的互相介紹。長相可愛的少年偵探聽過事件的始末，語氣彷彿成熟的大人一般，斬釘截鐵的說道：

「也許良子真的有看到白色幽靈，但那不是什麼真正的幽靈，我想那是人假扮的。」

小林少年說出自己的想法。

「到底是在誰惡作劇呢？良子並沒有得罪人啊！」

園田先生疑惑的問道。

「不是良子得罪別人，而是還有其他的理由。前一陣子修理丈吉的小丑是四十面相。這個白色幽靈應該也是四十面相假扮的。」

聽到小林這麼說，園田先生點頭說道：

「對，我也這麼想。但是，他為什麼要威脅良子呢？九月二十日到底是什麼日子？他為什麼要這樣做呢？小林，你對此有什麼看法？」

「這個我也不知道。不過，園田先生，你家是不是有什麼珍貴的美術品呢？四十面相那個傢伙只喜歡美術品，也許他是在預告要偷盜美術品的日子。」

「我們家並沒有什麼珍貴的美術品，因此，我才覺得很奇怪。」

「是嗎？那麼應該還有其他的理由存在。我要調查看看，同時必須

要加強保護良子。……園田先生，在九月二十日之前，我想要待在府上保護良子。

為了預防萬一，最好和警政署的中村警官連絡。此外，也要派遣少年偵探團和青少年機動隊幫忙。有關這個事件，在明智老師回來之前，全都交給我處理吧！」

小林立刻提出合理的要求。園田先生對他非常的佩服，決定將一切都交給小林少年。

小林少年立刻徹底的搜查宛如古堡般的園田家洋房和鐘塔，但是並沒有發現什麼可疑之處。

到了晚上，良子的床搬入哥哥丈吉的房間，兄妹倆睡在同一個房間裡。小林則睡在良子的房間，主人為他另外準備了一張床。

小林和兄妹倆睡在相鄰的房間裡，如果半夜發生什麼狀況，就可以立刻幫忙。

3、2、1

就在小林少年住進園田家的第二天早上七點，又有事情發生了。

小林已經醒了過來，當他躺在床上發呆時，突然聽到隔壁房間傳來「哇」的叫聲。

那是良子的聲音。小林馬上跳下床，穿著睡衣跑到隔壁房間。他很擔心良子遭遇意外，所幸並沒有發生這種情況。

良子和丈吉都蹲在床上，臉色蒼白的說話。

「怎麼回事？剛才是良子的叫聲吧？」

小林著急的問道。丈吉聽到小林的聲音，立刻回頭說道：

「又發生怪事了。有人用筆在良子的手掌上寫著數字3。是趁我們睡覺時溜進來寫的。」

說完之後，良子伸出左手讓小林看。

兩人的寢室門並沒有上鎖，因此可以輕易的進入。園田家應該沒有人會這樣惡作劇，一定是外人進來幹的好事。

不過，夜晚時整棟洋房的門窗緊閉，外人必須破壞門窗才可以進入屋內。仔細檢查所有的門窗，發現全都完好如初。

壞人到底是從哪裡進來的？又是從哪裡出去的呢？

經過這個事件，園田先生更加擔心兒女的安危。從第二天晚上開始，良子和丈吉一起睡到一樓園田先生的寢室中。相鄰的兄妹房變成小林少年和書生的寢室，由小林和書生應變。

晚上八點，小林少年在睡前前往建築物外面轉了一圈，悄悄的在一片漆黑寂靜的庭院中巡視。

繞了一圈來到鐘塔側面。五層樓建築的鐘塔聳立在黑暗的空中，宛如黑色的巨人一般。小林一直抬頭看著鐘塔。

突然發現了怪事。鐘塔四樓的牆壁突然亮了起來。不知道從哪裡來的光線映照在牆壁上。好像幻燈機燈光直徑五公尺的圓光，突然浮現在牆上。

透過光線，清楚的看到巨大的數字……2。

「只剩下兩天了。」

真是可怕的預告。

這個巨大的燈光到底來自何處呢？小林驚訝的四處張望。

幻燈機應該是藏在圍牆外的樹林中。為了加以確認，小林立即繞到門邊，打算到圍牆外一探究竟。

往前移動腳步時，小林突然呆立在原地，因為又發生了另外一件怪事。

就在鐘塔頂端、避雷針的上面，一團白色的東西正在那裡打轉。

幻燈的圓光照著那裡。夜空中有一個閃耀光芒的白色東西。好像人

的大小，一團白色東西有如風車一樣，正在那裡不斷的旋轉著。

小林突然想起良子曾經看過的白色幽靈。

「難道那個傢伙，就是先前出現的幽靈嗎？難道白色幽靈，正在避雷針上旋轉嗎？

之前紅色小丑也曾經在避雷針上旋轉。怪物似乎很喜歡旋轉。接下來一定會發生更可怕的事件。」

想到此處，小林繼續抬頭看著奇怪的風車。白色旋轉物慢慢的減速，最後終於停了下來。突然，白色幽靈朝這裡飛撲了過來。

小林立刻用手肘蒙著臉蹲了下來。

一個沒有眼睛與嘴巴，一張平板臉的白色幽靈，就好像戲劇表演中的幽靈一樣，拖著長長的尾巴，以驚人的速度掠過小林的頭頂，飛到了圍牆外。

小林趕緊跑到圍牆外，追入樹林中仔細搜尋，不過，並沒有發現白色幽靈或幻燈機等。

鐘塔的祕密

當天晚上，小林少年仍舊住在園田家。他整晚都陷入思考中。

最近園田家不斷的出現數字。平時門禁相當森嚴的洋房，應該不會有外人跑進來惡作劇。良子的哥哥丈吉在鐘塔遭遇意外時，那名小丑應該也無法逃到外面去，但是，小丑的確像煙一樣，莫名其妙的從鐘塔裡消失了。

即使四十面相是魔術師，但也不可能像煙霧般的消失啊！其中一定有什麼祕密，而且是可怕的祕密。

小林躺在棉被裡，眼睛直瞪著天花板，不斷的思考魔術的祕密到底是什麼。他持續想了兩、三個小時。

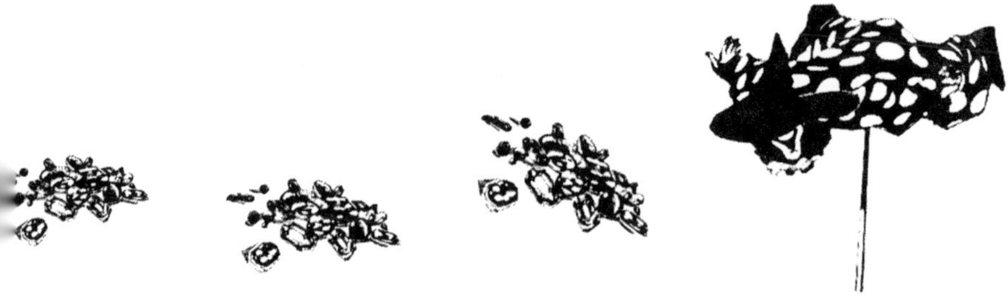

「啊！對了，牆壁的厚度！我忘記牆壁了。天亮之後馬上檢查，一定是這樣。祕密一定就在牆內。」

小林喃喃自語的說著。

好像卸下了重擔似的，不久後就呼呼大睡了。

第二天，小林一大早就醒來。洗過臉，在吃飯之前，他叫醒了丈吉，從園田先生那裡借來長的捲尺，兩人一起爬上鐘塔的機械室。

「丈吉，我們先來測量機械室內側。你拿著捲尺的一端抵住牆壁的角落，我拉長捲尺，測量到這個角落為止的長度。」

說著，測量四邊牆壁的長度，並且寫在筆記本上。接著陸續測量四樓、三樓、二樓與一樓，測量鐘塔各樓層房間四邊牆壁的距離。

「這個鐘塔是筆直的，五樓到一樓各樓層一樣寬，因為內側牆壁的長度一樣。接著測量塔外側。如果整棟建築物是方正的話，則測量一樓到五樓的外牆，長度應該都相同。」

說著，兩位少年一起走到塔外，測量四邊牆壁的長度，同樣的記錄在筆記本上。

測量塔內、外牆的長度，結果如下：

	東側	西側	南側	北側
內側（公尺）	四・三	四・三	五・〇	五・〇
外側（公尺）	五・六	五・六	五・六	五・六

小林少年把這些數字拿給丈吉看，同時說道：

「你看，首先看左邊的『外側』這一欄，東、西、南、北全都是五公尺六十公分，塔的外側是正四方形。

但是，內側東與西是四公尺三十公分，南與北為五公尺，差距七十公分。畫成圖就是這個形狀。

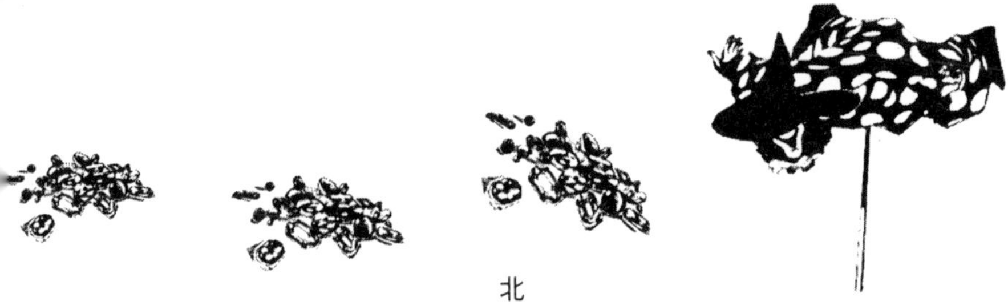

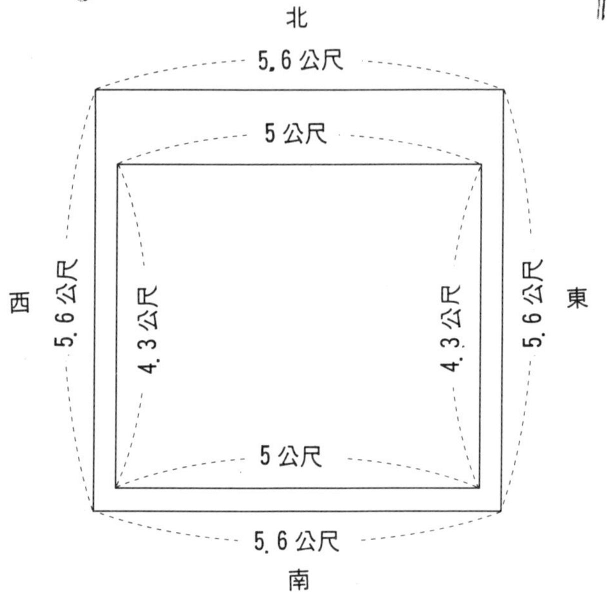

你看，東、西與南每一個樓層都有小窗。五樓沒有窗戶，設有時鐘的文字盤。

北側每一樓層都沒有窗戶。除了五樓外，北側全部都是牆壁。

有窗戶的東、西、南的牆壁厚度，一看就知道都是三十公分。畫成圖就變成這種情況。北側牆壁的厚度有問題。你看這個圖，用外側的五・六公尺減去內側的四・三公尺，餘一・三公尺。但是，南側牆的厚度為三十公分，減掉之後剩下的一公尺，應該就是北側牆壁的厚度。」

「嗯，對呀！只有北側牆壁有一公尺厚。真奇怪？為什麼會這麼厚呢？」

丈吉覺得很奇怪，根本想不透原因。

「過去西方的城堡經常採用這種建築方式。在這個厚牆壁中設有祕密洞穴，遇到緊急狀況時，隨時都可以從那裡逃走。這座鐘屋是模仿西方城堡建造而成的，可能連牆壁秘密洞穴也都一起模仿。建造這棟建築物的鐘錶商丸傳，據說就是一個怪人。」

小林說明之後，丈吉點頭說道：

「啊！四十面相應該就是利用這個洞穴欺騙眾人。因此，他可以神奇的消失在鐘塔內，又趁機從洞穴中溜出來，在良子的手掌上寫數字嚇唬我們。」

「是呀！那天晚上良子看到的白色幽靈，也是四十面相假扮的，他

從頭到腳都罩上白布，從洞穴溜出來嚇唬人。

還有，我在庭院中看到的白色幽靈也是四十面相。他從高塔上跳下來，接著消失在圍牆外。就和那天晚上從塔頂抓著黑繩盪到圍牆外的情況一樣。四十面相就是利用繩索消失在圍牆外的。」

「是的，一定是這樣！不過，洞穴的出入口到底在什麼地方呢？」丈吉問道。

「嗯！這個嘛，光看外表無法發現。也許有什麼密門。因為建造得非常精巧，所以我們一直沒有發現。

對了！接下來我們倆要悄悄的監視。6到2為止的數字已經陸續出現，現在只剩下數字1了。那個傢伙為了寫這個數字，今天一定還會偷偷的溜進來，只是不知道白天還是晚上會現身，因此，我們必須隨時嚴密監視。單獨一人無法辦到這一點，我們兩個人輪流吃飯、上廁所，另外一個人留下來繼續監視。一定要找出牆上的祕密出入口。」

「好，就這麼辦！要在哪裡監視呢？」

「當然是在鐘塔五樓的機械室啊！那裡最可疑。趕快到機械室去找我們的藏身處。」

說著，兩人一起爬上鐘塔五樓。

可怕的信

小林少年和園田丈吉爬上鐘塔的機械室，立刻找尋藏身處。

機械室裡各種不同大小的齒輪正在轉動著。面對南邊通道的機械室下方，有一個可以讓人趴下來的縫隙。

兩人發現之後立刻鑽進去躲著，從齒輪縫隙看著北側的牆壁。趴在那裡正好可以看到牆壁的下端。

兩位少年一直趴在那裡，等待的時間真是漫長。兩人有時竊竊私語，

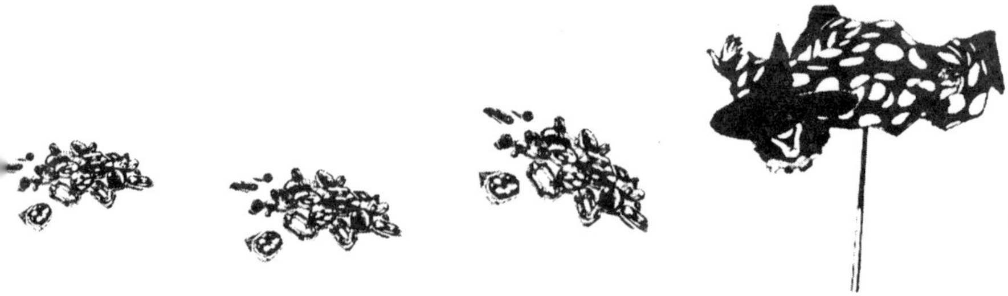

有時靜靜的觀察。他們輪流吃早餐、午餐。兩、三個小時過去了，終於過了四小時。一直到接近黃昏時，都沒有發生任何狀況。

「也許他今天不會出現！」

丈吉有點失望的輕聲說道。

「嗯，可能吧！不過還是再忍耐一會兒，也許到了晚上怪人就會出現。」

小林輕聲的安慰丈吉。

到了四點五十分時，北側木板牆壁的一部分果然開始移動。

兩位少年趴在那裡，緊緊握著對方的手，靜靜的看著這一幕。

不久之後，北側牆壁上打開一個四方形的黑洞。一個大約六十公分的暗門打開了。出現在洞口的，是園田家中一位名叫山本的書生。

趴在齒輪下方偷看的兩位少年嚇了一跳。

這到底是怎麼一回事呢？難道書生山本，是四十面相的同夥？

不，不可能。十分鐘前小林去上廁所時，還在一樓的走廊上遇到山本。山本知道兩名少年躲在這裡。

如果山本是四十面相的同夥，就會知道兩位少年躲在這裡監視，當然不可能打開密門出來。

「啊，我知道了。那是四十面相假扮的。這個怪人是變裝名人，他擁有四十種不同的面貌。假扮成書生山本，對他而言根本是雕蟲小技。」

小林心中想著。

怪人假扮成書生偷偷的溜進家中，的確是個好辦法。只要沒有遇到真正的山本，則無論遇到任何人都無所謂，因為其他家人會以為遇到的就是山本本人。

假扮成山本的四十面相，將祕密通道還原，悄悄的走下樓梯。

「丈吉，剛才那個不是山本，一定是假扮成山本的四十面相。十分鐘之前，我才在樓下遇到真正的山本，他知道我們躲在這裡。」

「真是令人驚訝！沒想到四十面相變裝之後竟然和山本長得一模一樣！」

「因為他是變裝高手嘛！可以假扮成任何人。甚至還假扮成明智老師呢（第一集『怪盜二十面相』、第五集『青銅魔人』、第六集『地底魔術王』、第七集『透明怪人』以及其他事件）。」

兩位少年從藏身處爬了出來，來到北側的木板牆前，在剛才看到的密門周圍一陣敲打，試著推推看。但是，密門就像上了鎖似的，一動也不動，而且也完全看不出密門和木板牆的縫隙在哪裡。的確是一個設計精巧的密門。

「怪人回來之前，我們必須在這裡等待。這麼一來，就知道如何開啟密門了。只好先記住，以後我們才進得去。」

小林少年說著，和丈吉一起躲回原先的場所。

二十分鐘之後，正如同小林所說的，假扮成書生的男子回到了機械

室。

「現在，仔細看那個傢伙如何打開密門。」

兩人瞪大眼睛仔細的看。男子面對機械，移動其中一個齒輪，那好像就是打開密門的機關。門突然朝對面打開，男子迅速進入門中，又迅速關上密門。

兩名少年等了一會兒之後，離開躲藏的場所，繞道對面，摸索著假扮成山本的男子，剛才移動的齒輪。聽到卡的一聲，身後的密門真的打開了。

兩人並沒有貿然的進入密門內，因為不知道剛才男子的動靜，等找到機會確認後再進去也不遲。

小林將手擺在打開的密門上，朝自己的面前一拉，密門立刻關上。接著無論如何的推、敲，都和之前一樣，無法打開密門。

「現在我們已經找到祕密通道了。現在我們下去看看剛才那個傢伙到底做了什麼。」

說著，小林和丈吉一起走下樓梯。

來到一樓園田先生的房間附近時，看到良子站在長廊上。她正盯著庭院的泥土看。

「咦，妳在做什麼……？良子，妳看到什麼了嗎？」

丈吉叫喚妹妹時，良子因為太專注而嚇了一跳，回頭看著哥哥並且輕聲說道：

「你看，那好像是一個字。」

她用手指著庭院。

雖然時間已經接近黃昏，但是仔細一看，庭院的泥土上好像有被刮過的痕跡，看起來很像寫著字。

小林少年瞪著地面看了一會兒，慢慢的讀出：

「明天是九月二十日，這個家裡會發生可怕的事情。如果你們繼續

待在這裡，就會發生第二、第三件可怕的事情。最後園田家所有的人都會從這個世界上消失。」

沒想到庭院的泥土上竟然出現一封可怕的通知信。

丈吉立刻通知父親。

園田先生趕到長廊上，看著這些可怕的文字。

「這次竟然在庭院中寫信。四十面相到底是從哪裡鑽進來的？」

「我們已經發現了！」

小林詳細說明機械室祕密通道的位置，以及四十面相假扮成書生山本溜出來的經過。

「哦，原來是這樣！難怪大家都沒有察覺。到底接下來還會發生什麼可怕的事情呢？」

「良子可能會發生危險。」

「咦，你是說良子？」

園田先生臉色大變的看著小林。

「不過到明天為止都沒有問題。四十面相一定會履行約定，等到明天才會展現行動。我們馬上通知警察和少年偵探團，讓他們做好準備。現在我要暫時出去一下，一個半小時內回來。你們好好的守護著良子，不要讓她離開你們的視線。」

小林說完之後轉身離去。

依照約定，一個半小時後，小林少年笑著回來了。

「已經連絡警察了，同時也動員了青少年機動隊。沒問題了！現在我就要前往密道，確認密道到底通往何處。」

說完之後，小林進入房間更換衣服。

小林穿著灰色緊身衣，蒙著灰色布巾，戴著灰色手套，腳穿灰襪和布鞋，感覺上和黃昏的顏色一模一樣，全身一片灰暗。變裝結束之後，小林少年有事拜託丈吉，說道：

「現在我就要從塔上的密門溜入祕密通道調查，大概一個小時內會回來，如果我沒有回來，你就趕緊去找警察來救我。拜託你了！我想，在這段時間內，警政署的中村警官應該會率領大批警察過來。」

「這樣好嗎？為什麼不等警察過來，再和警察們一起進入密道呢？」

丈吉很擔心的問道。小林則笑著說：

「沒問題的！我一個人去比較好。大批人馬一起進去，立刻就會被發現。安心吧，我早就習慣這種冒險了。」

說完，小林爬上塔上的機械室，打開密門，單獨走進一片漆黑的祕道。

良子的危難

雖然丈吉很擔心，但還是耐心的等待著。五十分鐘後，密門終於再度打開，小林少年回來了。他在文吉的耳邊輕聲的說了一些事情。

文吉聽完之後，瞪大眼睛看著小林少年說道：

「如果進行順利的話，那真是太棒了！真的沒問題嗎？」

「沒問題的！我經常有這種經驗。」

小林笑著回答。

不久之前，警政署的中村警官率領五名部下趕到園田家。五名刑警在洋房內外和庭院警戒。中村警官則在一樓大廳和主人談話。

小林少年脫下灰色的緊身衣，換上平常的服裝，來到客廳之後，和中村警官與園田先生展開密談。

後來，中村警官留下五名刑警，自己搭車回去，時間是晚上九點。車子裡除了中村警官和駕駛之外，還有一位穿著灰色緊身衣、用灰布蒙面的少年。

和剛才進入祕密通道的小林少年一模一樣的打扮，但他並不是小

林，小林還待在園田家。

隨同中村搭車離去的少年，比小林更為矮小，也許只是借用原先小林穿著的灰色緊身衣褲和蒙面布。

被中村警官悄悄帶走的少年到底是誰？為什麼要這麼做呢？聰明的讀者們，你猜出他是誰了嗎？

當天晚上，園田家又發生另外一件奇怪的事情。那就是良子竟然大膽的回到原先二樓的房間睡覺。

良子的房間位於洋房的二樓，在哥哥丈吉房間的隔壁。自從白色幽靈在良子的手上寫下3這個數字之後，因為覺得二樓的房間不安全，因此，良子和丈吉移入一樓爸爸的房裡睡覺。

不過從今天晚上開始，良子又再度回到二樓自己的房間。相鄰的房間則住著哥哥丈吉和小林少年。

小林拜託園田先生做這樣的安排。為什麼要這麼做呢？

二樓的房間，雖然可以上鎖，但是，小林交代不要上鎖。

嗯！好像正在等待四十面相現身，來抓走良子似的。其中到底隱藏著什麼用意呢？

晚上過了十二點，園田先生的洋房裡再度出現白色幽靈。

沒有眼睛與鼻子，一張平板臉的白色幽靈，悄悄的由鐘塔的樓梯來到一樓，沿著正堂的樓梯爬上二樓。來到良子的房間前，悄悄的推開門，偷窺寢室內。良子完全沒有察覺，依然在床上熟睡。

白色幽靈推開門，無聲無息的進入寢室中。

過了十二點就是九月二十日了。四十面相似乎已經依照約定正在進行恐怖的行動。

白色幽靈靠近床邊，由上方俯看良子的臉。

良子根本沒有發現這一切。

白色幽靈取出如大手帕一般的東西，塞進良子的嘴裡。接著將白色

手帕從嘴巴繞到後頸部，緊緊的綁住。

良子被突如其來的動作驚醒時，看到眼前出現一張平板臉的白色幽靈，頓時驚訝的瞪大眼睛。

雖然想要呼救，不過嘴巴已經被塞住，根本無法發出聲音。

幽靈用毛毯裹住良子，直接將她抱了起來。

幽靈的力氣強大，良子雖然拼命掙扎，但還是無法脫離幽靈的鐵臂。可憐的女孩就這樣的被抱出寢室，從走廊悄悄的來到一樓的樓梯處。

突然間，聽到嗶、嗶、嗶、嗶……的哨子聲。睡在良子隔壁房間的小林少年發現狀況後，立刻跑到走廊上吹起了哨子。他仍然穿著白天的那套衣服。

小林一邊吹著哨子一邊追趕幽靈，跑到通往一樓的樓梯。五名刑警聽到哨子聲也陸續跑了過來。

白色幽靈已經跑到鐘塔的一樓，並且開始往上爬。

「白色怪物帶走了良子。想要爬到鐘塔五樓的祕密出口處。趕緊追過去，一定要抓住他。」

小林拜託刑警們。

小林邊說邊跑，五名刑警緊跟在後，眾人陸續爬上鐘塔的樓梯。

從二樓到三樓、三樓到四樓，終於抵達最上方的機械室。

但是，到達機械室時，已經不見白色幽靈的蹤影。他一定是打開密門，鑽入祕密通道裡去了。

小林少年轉動打開密門的齒輪，卡的一聲，牆上的密門打開了。

「好！就從這裡進去吧！」

小林輕聲說著，率先進入密門內。

刑警們也跟在少年的身後進入。

密門內是一個非常狹窄的洞穴，好像水井一樣往下延伸。裡面有細長的鐵梯子，不過因為一片漆黑，因此什麼也看不到。

刑警拿出手電筒照明。小林走在前頭，眾人開始沿著狹窄的鐵梯子往下爬。

從五樓到四樓、四樓到三樓、三樓到二樓、二樓來到一樓。

「咦！沒有梯子了。」

小林輕聲叫著。一樓通往地下室的鐵梯子不見了。可能是四十面相為了阻止追兵，才把梯子拿走吧！

這裡距離地面大約有四公尺高，勉強跳下去可能會受傷。

「好吧，那麼就模仿猴子攀爬好了！」

一名身材高大的刑警穿過小林來到最前面，將自己的身體掛在鐵梯子最下方的一階上。

「來吧！就沿著我的背部爬下來，抓緊我的腳踝，接著鬆開手跳下去。這麼一來，距離下方就不到一公尺了。小林，你先試試看。」

猴子擅長從樹枝上倒吊、攀爬，經常可見幾隻猴子攀附在一起，就好像鎖鏈一樣。刑警真是機警，竟然想到要模仿猴子。

小林依照他的指示，沿著刑警的背部往下移動身體，接著抓著刑警的腳踝，突然啪的鬆開手。

小林很快的就踩到地面。模仿猴子的確是不錯的做法。

「等一等！門是關上的，這裡非常狹窄，只能容一個人站立。我先來開門，你們稍等一下。」

小林抬頭看著上方叫道。

他從口袋裡掏出筆型手電筒，朝四周照射。

眼前的一道門緊閉，無論推、拉都無法打開。

還好前一天晚上小林已經事先進來調查過，現在終於發揮了作用，否則一行人就無法前進了。

小林用手電筒，照射門旁邊的牆壁。哦！原來牆上有一個隱藏式的小按鈕。

昨天小林進來時，已經試過這個按鈕，只要按下就可以把門打開。用手指一按，然後門真的靜悄悄的打開了。

「好，大家下來吧！」

小林對刑警們說著，朝門的另一端走去。

三位替身

小林少年和五名刑警陸續進入地下室。這裡是一片漆黑的走廊。利用手電筒照路，發現無論地板、牆壁與天花板都是紅磚構成的，上面長滿了青苔。這是一間老舊的地下室。

六個人往裡面走去。突然聽到：

「哇哈哈哈哈哈……」的高亢笑聲。

手電筒朝聲音的方向照去，發現走廊盡頭的門打開了，一個可怕的怪物就站在那裡。

怪物穿著黑色緊身衣褲，披著黑色披風，帶著黑色狐狸眼鏡。頭上的毛髮蓬鬆，毛髮之間長出兩隻角。

「啊！是蝙蝠人。」

小林一看就知道了。蝙蝠人曾經出現在鐘塔的屋頂上，也曾經出現在淡谷墨子家，就是那個奇怪的蝙蝠人。

「他是四十面相喬裝改扮的，快去抓人！」

聽到小林這麼說，五名刑警趕緊追趕蝙蝠人。

但是令人訝異的是，蝙蝠人並沒有抵抗，反而乖乖的束手就擒。

「哇哈哈哈哈哈……，我不是四十面相，首領隨時都有替身。有時候他自己假扮成蝙蝠人，但是，今天的情況不同。我只是個替身，你們看清楚一點。哇哈哈哈哈哈……。」

蝙蝠人說完之後，好像覺得很可笑似的開始大笑。

「不要讓他給逃走了，趕緊綁住他！」

刑警們抓住蝙蝠人，捆綁他的手腳，將他丟在一旁。

眾人繼續前進。對面的門打開之後，

「嘿、嘿、嘿、嘿……」

又聽到可怕的笑聲。

除了小林少年的筆型手電筒之外，另外兩名刑警也手持大型手電筒，朝笑聲傳來的方向照去。

站在那裡的是紅色小丑。就是在鐘塔頂端像陀螺一樣不斷旋轉的小丑。也就是在樹林中綁架淡谷墨子的那個紅色小丑。

「你是四十面相！」

一名刑警大叫著。

「嘿、嘿、嘿、嘿……，不是的！我只是個普通的小丑！雖然有時候首領也會裝扮成這個樣子，但是，今天並不是他本人，我只是首領的替身而已。嘿、嘿、嘿、嘿……。」

小丑說著，做出滑稽的動作。

這個小丑也被刑警們綁起來，扔在一旁。

小林少年和刑警們繼續往裡面走去。到達下一個房間時，又聽到：

「嘻、嘻、嘻、嘻……」的可怕笑聲。

從天花板上落下白色的東西，在房間正中央飄盪著。

「嘻、嘻、嘻、嘻……」

笑聲持續傳來。

是白色幽靈！

「他就是擄走園田良子的傢伙，快把良子交出來！否則就要讓你好看。」

一名刑警大叫著。

「擄走良子的是首領。雖然我的裝扮和他相同，但我只是個替身。

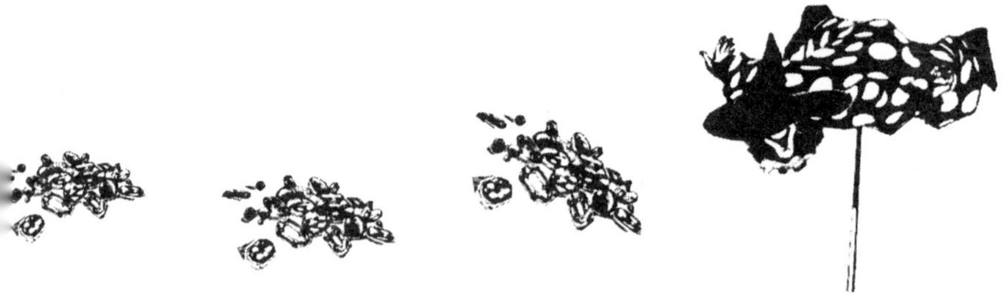

從鐘塔頂端跳到圍牆外的是我，但是，擄走良子的並不是我。嘻、嘻、嘻、嘻……」

「好！把這傢伙給綁起來。」

刑警們說著撲了過去，掀起幽靈身上的白布。

結果出現一位穿著毛衣與尼龍褲的二十五、六歲青年。他一定是四十面相的手下。

刑警們綁住青年的手腳，也將他扔在一邊。

陸續出現三位四十面相的替身，他們全都是塔上的魔術師。分別出現在塔頂的避雷針上，像陀螺一般旋轉、像蝙蝠一樣拍動披風翅膀、從頂端沿著繩子跳下地面、從塔上的機械室如煙霧般消失等。原來魔術師們故弄玄虛，就是為了愚弄警察、明智偵探與少年偵探團。

現在被綁住的三個怪物，全都是替身，那麼，真正的四十面相到底躲到哪裡去了。六個人繼續朝地下室前進。

地下室非常寬敞。從鐘塔到地下室已經通過三道門，之前都是狹窄的房間。前面好像還有門，感覺好像是非常廣大的地下室。

再往裡面走去，看到一扇非常華麗的門。門後方應該是一間寬大的房子。

小林接近門前，有如一位紳士似的，叩、叩、叩，禮貌的敲門。

「請進！」

門內傳來禮貌的回答聲。

小林打開門進入房內，五名刑警跟在他的身後。

六個人走進房間一看，不約而同的發出「啊」的驚叫聲，頓時呆立在原地。

一行人好像進入童話世界一般，難道這是在做夢嗎？

這個廣大的房間裡，無論牆壁、天花板、桌椅等，全都閃耀著金色的光芒。

從天花板上垂掛下來的，是上面鑲有好幾百顆水晶球的水晶燈，閃耀美麗的光輝。

牆壁上是華麗的玻璃櫥櫃，裡面擺滿著雕刻品、古壺以及鑲有黃金的西洋劍等，都是珍貴的美術品。

此外，還有鑲上寶石的盒子、胸針、手環等，全都陳列在櫥櫃裡。其中最引人矚目的，是一頂不知道來自哪個國家的皇冠。上面鑲有無數顆的寶石。這頂皇冠真是太美了，小林和刑警們都看得目瞪口呆。

讀者們，你是否已經想起以前好像在哪裡看過這個美麗的房間呢？是的，當淡谷先生拿著寶石盒準備贖回女兒墨子時，就曾經來過這個地下室。當時的黃金桌椅以及水晶燈、玻璃櫥櫃中的皇冠等，都和這個房間裡的寶物一模一樣。

但是，當時淡谷先生是在與鐘塔相反方向，在距離大約半公里的八幡神社前坐上四十面相的汽車，車子奔馳了三十分鐘才到達目的地。四十面相的寶庫應該位於遠方的地下室才對啊，沒想到就在鐘屋的下方。當小林正在思考這個問題時。

「喂！小林，還有在你身後的應該是警政署的刑警吧！你們來得真巧，請到這裡來。」

在金碧輝煌的房間裡，一張金光閃閃的桌子對面，一名男子以平靜的語氣說著。

黃金椅子上坐著一名男子。他穿著黑絲絨衣服，頭戴黑絲絨貝雷帽，是一位三十歲左右的氣派男子。

「我是小林，這五位是中村警官的部下，你就是四十面相吧！」

小林走向前去，瞪著穿著黑絲絨衣服的男子。

「我的確是四十面相。你們竟然能夠找到這裡來，真是厲害。發現祕密入口的應該就是小林吧？」

「是的，我什麼都知道了。」

「哦！什麼都知道了嗎？例如……」

四十面相鎮定的笑著回問。

「例如這個地下室，就是你蒙住淡谷庄二郎先生的眼睛，用汽車把他帶過來的地方。你就是帶他到這個金光閃閃的房間來。」

「是嗎？當時淡谷先生可是搭了三十分鐘的車子耶，而這裡距離淡谷家卻只有三百公尺而已。」

「是啊，他們被騙啦！雖然搭了三十分鐘的車子，但事實上車子只不過在附近打轉，最後又回到原先的地方。

淡谷先生和墨子當時都被蒙上眼睛，因此不知情。我終於發現這個祕密了。如果當時我掛在汽車下方的煤焦油罐沒有被你發現，那麼，也許我早就已經知道這個地方了……」

「哈、哈、哈、哈……，當時真是有趣！沒想到你的妙計竟然被我給識破了。」

警犬不是把你帶到淡谷家去了嗎？哈哈哈哈……」

「嗯！當時我也被你騙了。哈哈哈哈……」

小林少年也不服輸的笑了起來。怪人四十面相和少年名偵探的對話實在有趣。小林繼續說道：

「園田丈吉和良子聽到地底傳來墨子的哭聲，曾經到地下室查看。但是，在家中的地下室並沒有發現什麼可疑的人。那是因為這個地下室和園田家的地下室是完全不同的地方。

兩個地下室都在園田家的洋房下方，但是，這個地下室和一般的地下室不同。過去建造這個鐘屋的人很喜歡祕密建築，因此，另外建了一個祕密地下室。

你發現這裡之後，打算用來收藏寶物。你將這個房間裝飾得非常華麗，以便用來收藏偷盜而來的美術品和寶石。

曾經出現在鐘塔上的蝙蝠人和小丑，就是利用這個地下室和鐘塔五

樓的祕密出入口。

自從園田先生購買鐘屋並且移入新居後，令你感覺很困擾，因為你無法再像以前一樣隨心所欲的展現行動。深怕一不小心，祕密地下室就會曝光。

因此，你想要把園田一家人趕走。這次假扮成白色幽靈擄走良子，就是想藉此恐嚇園田先生。是不是這樣呢？」

「嗯，的確是如此！但是，你們是來抓我的嗎？你們根本抓不到我的，因為我手上握有人質。如果你們敢來抓我，良子可就會沒命喔！哈哈哈哈……，你們還要抓我嗎？」

四十面相說著，從褲子口袋裡掏出金色的手槍。那的確是和這個房間非常搭配的美麗手槍。四十面相站起身來，退到房間的角落。

角落裡有一個大衣櫥，四十面相手握手槍，打開衣櫥的門。

衣櫥裡掛著許多四十面相的衣服，倒在衣櫥後方的，應該是嘴巴被堵住、手腳被綁著的園田良子。

四十面相撥開五、六套衣服，想讓他們看看囚禁在衣櫥裡的良子。

結果，發生了意想不到的事情。

四十面相「啊」的大叫一聲，倒退了好幾步。

衣櫥裡並沒有出現良子，反而站著一位穿著白襯衫、白短褲的可愛少年。

「你、你到底是誰？」

四十面相訝異的問道。

「我是少年偵探團的吉村菊雄。是小林團長的親密戰友。」

吉村少年的臉龐如同少女般的美麗。看起來似乎化過妝。額頭上沒有塗白粉，看起來有點紅，可能是因為拿掉假髮的緣故。

吉村少年的相貌酷似良子，因此假扮成良子，睡在良子的床上。四十面相不知道這是替身，就這樣的擄走了吉村少年。

讀者們是否還記得中村警官曾經用車子載走一位穿著灰色襯衫、罩著灰色蒙面布的少年呢?事實上那位全身灰色的少年就是良子。

為了安全起見，良子暫時住在中村警官家，受到嚴密的保護。

衣櫥裡的吉村少年，撿起脫在腳邊的良子的衣服與少女的假髮，拿給四十面相看。

「哦!這麼說來你是戴上假髮，穿上良子的衣服，假扮成良子囉?」

四十面相終於恍然大悟，懊惱的說著。

「哈、哈、哈、哈……，你是變裝的高手，但是，卻沒有識破他人的變裝。哈哈哈哈……」

小林少年嘲笑的說著。四十面相無言以對，而現出可怕的表情瞪著吉村少年。

「但是，我不是已經綁住你的手腳了嗎……」

四十面相神情狐疑的問道。

「我知道如何掙脫繩子。當雙手被反綁時，我巧妙的把雙手握在一起，因此，能夠順利的解開繩子。只要手恢復了自由，就可以解開綁在腳上的繩子，也可以拿掉塞住嘴巴上的東西了！」

吉村少年走出衣櫥外，得意的說著。

這時，站在小林少年身後的一名刑警走向前來，好像要保護吉村少年似的，把他帶到刑警們的身旁。

吉村少年有五名刑警保護，四十面相想要抓住他也難。

「四十面相，你的氣數已盡，還是乖乖的束手就擒吧！」

四名刑警立刻掏出手槍對準目標。其中一名刑警則拿著手銬接近四十面相。

「哈哈哈哈……，你們以為手銬銬得住我嗎？真是太好笑了。哈哈哈哈……，如果你們認為可以，那麼就過來試試看吧！」

四十面相說著開始倒退，整個背部貼在一邊的金色牆壁上。

突然聽到「喀」的奇怪聲音。

大家都嚇了一跳。

四十面相頓時消失了身影，好像使用隱身術一樣，消失不見了。

直升機

小林少年和五名刑警立刻跑向四十面相消失的金色牆壁前。他們認為那裡一定有祕密出入口。

金色的牆壁上有一條不明顯的細線，走近一看，原來是一道密門。看來應該有打開密門的機關，可是現在找不到。

小林急忙的到處搜查，最後終於發現了。原來在牆壁和地板的接縫處，有一個小小的金色按鈕。

很快地按下按鈕，金色牆壁的一部分立刻朝另一邊打開。裡面是一片漆黑的洞穴。

小林、吉村少年與五名刑警彎著身子，陸續進入洞穴中。

小林打開手電筒照明。裡面是僅能供一人站著行走的狹窄隧道，一直通往對面。

小林走在最前面。一行人陸續前進，走到十五公尺之後，來到一個寬廣的地下道。

這個地下道一邊通往金碧輝煌的房間，一邊是樓梯。似乎是通往地上出口的路，大家陸續爬上樓梯。

沿著樓梯往上爬，頭頂上方有一個圓形的洞穴，可以稍微看到外面的亮光。

雖然是晚上，但是，地面上並不像地下道中那麼的黑暗。

眾人從洞穴爬到外面，來到鐘屋圍牆外的原野。放眼望去，到處都是雜草以及低矮的灌木。地下道的出入口就在灌木叢中。

仰望天空，星星閃爍。藉著星光，可以看到身後一片漆黑的鐘屋，屋頂上聳立一座鐘塔。

另外一側，是原野和庭園。原野上停著一部直升機。

「啊！是直升機！四十面相可能準備搭乘直升機逃走。」

一名刑警大叫著。

四十面相擁有私人直升機，在其他許多事件集（第十一集『灰色巨人』、第十六集『魔人銅鑼』、第十八集『奇面城的祕密』）中曾經出現。這次怪人又再度利用直升機。

「你看！」

兩名少年和五名刑警跑向直升機。

但已經太遲了。四周突然刮起強風，耳邊響起普、嚕、嚕、嚕螺旋槳轉動的聲音，直升機漸漸的升向天空。

砰、砰、砰、砰、砰。

塔上的魔術師

五名刑警對準直升機射擊，不過並沒有擊中。直升機沒有停下來，不斷的升上天空，逐漸消失在星空中。

刑警們個個失望的坐在原野中，大家都沈默不語。

這時，小林少年若無其事的說道：

「四十面相逃不掉的。沒問題的，待會兒你們就知道了。」

小林安慰刑警們。

不久之後，對面的道路上有亮光逐漸接近。原來是汽車的車頭燈，而且不只一部。原野的一部分變成如同白晝般的明亮。

仔細一看，那不是普通的汽車，而是兩部白色的警用巡邏車。

刑警們站了起來，好奇的看著巡邏車。

巡邏車停在原野中，接著走下幾名警察，其中包括中村警官。

※　※

咦！奇怪，直升機怎麼還在原野的上空盤旋。

駕駛座上坐著的是手下，旁邊坐著首領四十面相。

「喂！怎麼回事啊？怎麼老是在同一個地方打轉呢！你應該知道我們去哪裡呀！快點飛向目的地！」

四十面相不耐煩的責罵駕駛座上的手下。

突然，四十面相的身後發生奇怪的事情。

直升機後方擺著一個可以裝貨物的大箱子，上方用卡其色帆布蓋住。沒想到帆步竟然開始移動，從下方伸出一隻握著黑色手槍的手。

手槍正好抵住四十面相的背部。

「啊！」

四十面相驚訝的回頭一看，身後的男子已經掀開帆布站了起來。男子迅速搜查四十面相的身體，從他的褲子口袋裡掏出那把金色的手槍。

「你是誰？」

「四十面相，你不記得我了嗎？不久之前我們才見過面的啊！」

穿著黑色運動服的男子，手握著槍枝，抵住四十面相的背部，揶揄笑著說道。

「啊！你是明智小五郎！」

「是啊！坐在駕駛座上的不是你的手下，而是我的夥伴喬裝改扮的。你的手下已經被五花大綁，嘴巴塞上東西，扔到原野上的角落裡去了。」

「啊！那麼這個傢伙是替身囉！」

四十面相今晚因為替身而吃了大虧。之前遇到的是假良子，現在又是假的駕駛手下。

「四十面相，你看看下方的原野，兩部警政署的巡邏車已經停在那裡。他們利用小型探照燈照射整個原野，就在那道光中降落吧！我想中村警官應該已經到了。」

陸續被對方奪得先機，四十面相終於無計可施了。他似乎已經放棄了，緊閉雙眼，頹喪的坐在椅子上。

直升機漸漸的降落在原野上。接近地面時，可以看到中村警官站在一大群警察之中。

同時也可以看到小林和吉村兩名少年。

此外，還有另外十名少年在光線中移動。時間已經是深夜，怎麼會有這麼多的孩子聚集在這裡呢？

啊！對了，他們就是少年偵探團的青少年機動隊。也就是在「蟻町（第二次世界大戰後，在東京淺草附近的空地由廢棄品回收業者建立的社區）」工作的少年們，他們是隨時為小林團長效命的勇敢少年。

今晚他們就躲在原野的草叢中，看著四十面相坐上直升機離去，因為小林團長交代不可以打草驚蛇。

直升機降落地面。警察們一擁而上，緊緊的包圍直升機。抓住從駕駛座上下來的四十面相，立刻用手銬將他銬起來。

此時，鐘屋的主人園田先生出現在警察隊中，他朝明智偵探走了過來，身後則跟著丈吉少年。

園田先生緊握明智偵探和小林少年的手，頻頻向他們道謝。站在一旁的是，滿臉笑容的中村警官。

「明智老師萬歲！」

「小林團長萬歲！」

「少年偵探團和青少年機動隊萬歲！」

圍繞在明智偵探身旁的青少年機動隊的孩子們，齊聲高呼萬歲。

解說

圍繞鐘塔的夏天

佐藤宗子
（兒童文學研究者）

『塔上的魔術師』最初連載於「少女俱樂部」月刊一九五八年一月號到十二月號。當時雜誌的目錄中寫著「驚奇恐怖」等強烈的字眼，非常引人矚目。沒錯，作品中的確陸續出現一些不可思議的場面。

然而，作品名稱的「魔術師」並沒有正式登場。黑色蝙蝠人、紅色小丑、白色幽靈——三者依序登場，他們怪異的行動也可以算是一種「魔術」吧！小說最初連載於雜誌時，附有許多寫實圖畫，真的讓人覺得非常「驚奇恐怖」。

四十年前，讀者們每個月都以戰戰兢兢的心情閱讀雜誌；到了二十世紀末，讀者們可以利用單行本一口氣看完整部作品——雖然每個人對於作品的感覺各有不同，不過還是有許多共通點。

首先是，偵探這個「遊戲」的趣味性。前一年該雜誌刊載『魔法人偶』這部同系列的小說時，最後二十面相被抓住了。單行本也和其他作品同樣的，最後有大團圓的結局。

淡谷一郎青年被擄走的千歲烏山車站前(1961 年)

無論如何，二十面相（四十面相）最後還是會恢復自由身（否則就無法再看到明智或少年、少女們活躍的場面了）。四十（二十）面相非常執著於華麗的寶石，永遠是美的追求者。即使是犯罪，也具有接近「遊戲」的趣味性。

仔細想想，無論何時，四十面相都會準備好各種逃走的方式。四十面相到底會準備什麼東西呢？明智在本部作品中，甚至連直升機都事先安排妥當。看來兩人都是以「準備充分」來一較勝敗。

當然，閱讀時的恐懼感覺也深深的吸引讀者。尤其作品中的後半段，以數字表示行動的日子逐漸接近，不知道接下來身邊會發生什麼事情，真是令人覺得「毛骨悚然」，產生一種不安的情緒。

當這些場面一一展開時，讀者與其說是產生恐懼感，還不如說是產生一種期待感，到底會發生什麼事情呢？對於一般讀者而言，作品中的少年、少女，就好像自己身邊的人一樣，感覺非常親近。該作品發表時，很少家庭中有電話，更別說是孩子們以電話互相連絡了。當時的孩子和「有錢人家」的孩子是不同的……。不管以往或現在，建有鐘塔的洋房根本是從來都沒有見過的景象。

經過解說之後，就會覺得書中的各種機關都非常簡單。但是，如果不加以說明，大家就無法了解。

對於書中所描述的建築物到底是什麼樣子，相信大家一定都很感興趣。因此，雖然都會產生相同的不安感，但是隔著一段距離觀看作品中少女們的言行——置身於這樣的立場，就能擁有餘地，期待陸續展開的「遊戲」，一起享受「毛骨悚然」的樂趣。

讀完作品之後，印象最深刻的是哪一部分呢？

我在孩提時代，看到丈吉被時鐘指針壓住脖子的可怕插圖，直到現在依然記憶猶新。

心想為什麼會有種場面？——四十面相到底想要做什麼？如果不是少女們發揮機智，不知道後果將會變得如何。光是想像丈吉的身體被沉重的鐵板壓下去，就讓人覺得原本應該是沒有殺人場面的偵探作品，卻也隱藏著一些危及生命的恐怖，似乎推翻了讀者們的安心感。這種異樣的不安感，曾經深印在我年少的心靈中。

包括這些場面在內，整個故事不斷提及能夠看到聳立的鐘塔的空間。從後來提到的日期（九月二十日）往前推算，最初應該是六月二十五日，因此，作品後半段才會出現有關暑熱季節的描寫。

天氣悶熱，昆蟲在身邊飛舞著，正午的陽光燦爛，這是夏天的故事。雖然有時心中還是會蒙上一層陰影，但還是請大家一起進入這個夏天和原野的故事世界中吧！

少年偵探 1~26

江戶川亂步　著

1　怪盜二十面相

接獲失蹤的壯一即將歸國的好消息的同時，羽柴家也接到這封通知信。
擅長喬裝改扮的怪盜，到底會以什麼姿態來盜取寶石？
老人、青年，還是……。
「怪盜二十面相」與名偵探明智小五郎初次對決，現在就要開始了！

2　少年偵探團

整個東京都內，不斷傳出有關「黑色妖魔」的傳聞，而且陸續發生綁架少女事件，以及篠崎家的寶石，還有黑影似乎偷偷的靠近五歲的愛女小綠。難道由印度傳來的「受到詛咒的寶石」的傳說是真的嗎……。
繼『怪盜二十面相』之後，名偵探明智小五郎和少年助手小林芳雄所帶領的「少年偵探團」大活躍。

3　妖怪博士

跟蹤可疑的老人身後，來到一間奇妙的洋房。
少年偵探團團員之一的相川泰二，在那兒發現被五花大綁的美少女。
妖怪博士的魔爪伸向為了救出少女而偷偷溜進洋房的泰二。
此外，還有更可怕的事情，正等著追查整個事件的三名團員們……。

4　大金塊

秘密文件的另一半被盜走了！
那是說明宮瀨礦造爺爺留下的龐大遺產「大金塊」藏匿地點的秘文，
為了取回被奪走的一半秘密文件，而進入竊賊地下指揮部的少年小林，
他所看到的意外事實真相到底是什麼？
名偵探明智解開了謎樣的文章，趕赴島上，取回大金塊。

5　青銅魔人

在月光的照耀下，赫然出現一張嘴巴裂開如新月型的金屬臉，怪物體內發出齒輪轉動聲。
在半夜偷走鐘錶店裡的懷錶的竊賊，難道就是這個用青銅做成的機械人？
少年小林新組成「青少年機動隊」，為了名偵探明智小五郎，奮鬥不懈。
是否真的能夠掌握青銅魔人的真面目呢？

6　地底魔術王

在天野勇一所居住的城市裡，搬來了一個奇怪的叔叔。
他在少年們的面前，展現神乎其技的魔術，是一位魔法博士。
他說：「在我所住的洋房裡有『奇異國』。」
有一天，勇一和少年小林造訪洋房。但是就在博士展開魔術表演的舞台上，勇一消失在觀衆的面前。

7　透明怪人

一名紳士走進城鎮盡頭的磚瓦建築物中。
就在尾隨於其身後的兩名少年的眼前，
這個神秘男子脫掉大衣、襯衫，結果一裡面什麼也沒有。
肉眼看不到的透明怪人出現了，珠寶店和銀行大為震驚。
化裝成人體服裝模特兒的透明怪人出現在百貨公司，引起一陣騷動。

8　怪人四十面相

幾度從監獄中脫逃的怪盜二十面相，這次改名為「四十面相」，
宣佈要逃獄。
為了查明真相，來到拘留所的明智小五郎，與二十面相見面之後，
為什麼匆忙趕到世界劇場的後台去了呢……
劇場正上演著「透明怪人」事件的戲碼。

9　宇宙怪人

衆人啊的大叫一聲，屏住呼吸，因為在東京市的大都會銀座上空出現了五個 「在天空飛行的飛碟」。
彷彿來自遙遠星球的世界，擁有蝙蝠翅膀如大蜥蜴般的宇宙怪人降臨。
被在深山登陸的飛碟抓住的木村青年，訴說可怕的體驗，使得全日本，不，應該說是全世界都陷入大混亂中。

10　恐怖的鐵塔王國

「我有東西要給你看哦！」
小林少年被轉角處的老人叫住，看到偷窺箱裡竟然有從森林的圓形鐵塔爬下來的巨大獨角仙……。都市裡出現抓小孩的怪物獨角仙。
獨角仙大王所統治的恐怖鐵塔王國，到底在日本的哪個地方呢？

11　灰色巨人

從百貨公司的寶石展覽會中竊取珍珠的美術品，
然後抓住廣告汽球朝天空逃逸。但是逮到犯人之後，一看……。
綽號「灰色巨人」的怪人，這次盜走了「彩虹皇冠」。
尾隨怪盜而來的少年偵探團，來到一個馬戲團的大帳棚中。
奇妙的竊賊難道躲到裡面去了嗎？

12　海底魔術師

身上覆蓋著鐵製的鱗片，好像鱷魚一般的尾巴……
在黑暗的海底，有著好像黑色人魚的兩個綠色眼睛的怪物。
爬在地上的怪物想要奪走小鐵盒。
交到明智偵探手中的小鐵盒，
隱藏著載有金塊的沉船秘密！

13　黃金豹

屋頂出現了金色的影子，在月光的照射下，劃破了深夜的黑暗，
全身閃耀著黃金般光芒的豹出現在街上。
襲擊銀座的寶石商、吞掉寶石的豹，突然轉身逃走，像煙一般消失了。
夢幻怪獸到底是什麼東西？
夢幻豹

14　魔法博士

少年偵探團中有兩名好搭檔，他們是井上和阿呂。
看到「活動電影院」之後，
一直跟隨活動電影院的兩人，漸漸進入無人的森林中。
擋在面前的，竟然是可怕的黑影……。
等待著兩人的，是黃金怪人「魔法博士」意想不到的策略。

15　馬戲怪人

熱鬧的「豪華馬戲團」公演時，突然出現了可怕的慘叫聲。
觀眾全都回頭看。
在貴賓席黑暗的角落看到白色骷髏的影子！
攻擊馬戲團團長笠原先生一家人的骷髏男的模樣奇怪。
沒有人知道的大秘密，經由明智偵探及少年偵探團的推理而解開謎團。

16　魔人銅鑼

「噹……噹……噹……」空中傳來宛如教會鐘聲般的聲響，不禁抬頭一看。
結果，發現整個空中出現一張惡魔的臉。
巨大的惡魔正露出尖牙笑著。難道這是神奇事件的前兆……。
惡魔的神奇預言出現了。明智偵探的新少女助手小植即將遭遇危險。

17　魔法人偶

「我很喜歡留身哦！和我玩吧！」
和神奇的腹語術小男孩人偶相處得很好的留身，跟隨著小男孩和
白鬍子老爺爺到人偶屋去。
迎接他們的是美麗的姊姊，這位穿著長袖和服、名叫紅子的人偶，
看起來就好像活生生的真人一樣這是假扮成腹語術師的老爺爺的魔術。

塔上的魔術師 by Ranpo Edogawa——

Text copyright © 1964, 1999 by Ryutaro Hirai

Illustrations copyright © 1999 by Shinsaku Fujita, Miho Satake

First published in Japan in 1964 and revised in 1999 under the title "TOUJOU NO KIJUTSUSHI" by Poplar Publishing Co., Ltd.

Chinese translation rights arranged with Poplar Publishing Co., Ltd.

Through Keio Cultural Enterprise Co., Ltd. & Japan Foreign-Rights Centre

國家圖書館出版品預行編目資料

塔上的魔術師／江戶川亂步著；施聖茹譯
－－初版－臺北市，品冠文化，2003〔民 92〕
面；21 公分 ── （少年偵探；20）
譯自：塔上の奇術師
ISBN 957-468-206-4（精裝）

861.59　　　　　　　　　　　　92001184

版權仲介：京王文化事業有限公司

【版權所有・翻印必究】

少年偵探 20　**塔上的魔術師**　ISBN 957-468-206-4

著　　者／江戶川亂步
譯　　者／施　聖　茹
發 行 人／蔡　孟　甫
出 版 者／品冠文化出版社
社　　址／台北市北投區（石牌）致遠一路 2 段 12 巷 1 號
電　　話／(02) 28233123・28236031・28236033
傳　　真／(02) 28272069
郵政劃撥／19346241
E － mail／dah_jaan @yahoo.com.tw
登 記 證／北市建一字第 227242 號
區域經銷／千淞圖書有限公司
地　　址／台北縣泰山鄉楓江路 86 巷 21 號
電　　話／(02)29007288
承 印 者／國順文具印刷行
裝　　訂／源太裝訂實業有限公司
排 版 者／千兵企業有限公司
初版1刷／2003 年（民 92 年） 3　月

~~定　價／300 元~~
特　價／230 元

●本書若有破損、缺頁敬請寄回本社更換●

一億人閱讀的暢銷書！

4 ～ 26 集　定價300元　特價230元

大金塊　5.青銅怪人　6.地底魔術王　7.透明怪人　8.怪人四十面相　9.宇宙怪人

怖的鐵塔王國　11.灰色巨人　12.海底魔術師　13.黃金豹　14.魔法博士　15.馬戲怪人

.魔人剛果　17.魔法人偶　18.奇面城的秘密　19.夜光人　20.塔上的魔術師　21.鐵人Q

假面恐怖王　23.電人M　24.二十面相的詛咒　25.飛天二十面相　26.黃金怪獸

品冠文化出版社

地址：臺北市北投區
致遠一路二段十二巷一號
電話：〈02〉28233123
郵政劃撥：19346241